Les Caractères

ÉTONNANTS • CLASSIQUES

LA BRUYÈRE

Les Caractères

Présentation, notes, chronologie, choix des remarques et dossier par
JEAN-PHILIPPE MARTY,
professeur de lettres

Flammarion

Le XVIIe siècle,
dans la collection « Étonnants Classiques »

Baroque et classicisme (anthologie)
CORNEILLE, *Le Cid*
    Médée
LA BRUYÈRE, *Les Caractères*
MME DE LAFAYETTE, *La Princesse de Clèves*
LA FONTAINE, *Fables*
MOLIÈRE, *L'Amour médecin, Le Sicilien ou l'Amour peintre*
    L'Avare
    Le Bourgeois gentilhomme
    Dom Juan
    L'École des femmes
    Les Femmes savantes
    Les Fourberies de Scapin
    George Dandin
    Le Malade imaginaire
    Le Médecin malgré lui
    Le Médecin volant. La Jalousie du barbouillé
    Le Misanthrope
    Les Précieuses ridicules
    Le Tartuffe
MME DE SÉVIGNÉ, *Lettres*
RACINE, *Andromaque*

Édition revue, 2013.
ISBN : 978-2-0813-0313-3
ISSN : 1269-8822

SOMMAIRE

À la croisée de quatre genres

En mars 1688, est publié sans nom d'auteur, chez un libraire parisien, un livre intitulé *Les Caractères de Théophraste, traduits du grec, avec les Caractères ou les Mœurs de ce siècle*. Un tel titre est susceptible d'intéresser quatre publics : les érudits (grâce à la mention « traduits du grec »), les moralistes (puisque deux ouvrages de *Caractères* sont ici réunis en un seul volume), les mondains (puisque sont annoncés des peintures et des portraits « de ce siècle ») et les autres écrivains (concernés par la réécriture d'un auteur antique, Théophraste [1]).

Ce titre est aussi un trompe-l'œil, dans la mesure où la traduction n'est pas l'œuvre d'un spécialiste de l'Antiquité, mais celle d'un homme de lettres ayant reçu un solide enseignement classique ; elle est convenable, sans plus. Ce qui est significatif, c'est la façon dont est présenté le texte de l'auteur ancien : il figure dans une belle typographie, alors que la suite du volume est composée en petits caractères et, de ce fait, s'apparente à un commentaire. L'auteur anonyme affecte ainsi de prendre la plume de manière

1. Tyrtamos d'Éphèse (371 ?-288 ? av. J.-C.), surnommé Théophraste (le « Divin parleur »), fut pendant une trentaine d'années le disciple d'Aristote avant de lui succéder à la tête de son école de philosophie nommée le Lycée. Son opuscule (une quarantaine de pages) est constitué de trente types de « caractères » (« De l'impertinent », « Du complaisant », « Du grand parleur », « De l'avarice », « De l'orgueil », etc.). La structure de chaque « caractère » est toujours identique : une définition brève, suivie d'un portrait-type fondé sur une accumulation de traits concrets. Ces textes descriptifs constituaient vraisemblablement l'appendice d'un traité de morale.

très marginale et effacée, et semble se contenter, dans ses *Caractères* ou [...] *Mœurs de ce siècle*, de contrefaire une voix du passé. Ses personnages sont en effet souvent désignés par des pseudonymes grecs (« Hermodore », « Anthime », « Théocrine », etc.). Le plus long chapitre, « De l'homme », dépeint, à coups d'aphorismes rédigés au présent de vérité générale, un être humain aux traits fixes ; plus largement, le texte est agrémenté de portraits reprenant les procédés employés par Théophraste : la description mécanique (comme dans le portrait de Théodecte, au chapitre V, remarque 12)[1] ou l'énumération de traits pris à des personnes diverses (comme dans le portrait de Ménalque, XI, 7). Enfin et surtout, l'ensemble de l'œuvre est dominé par un point de vue écrasant, celui d'un garant de la conscience morale, qui, dans les remarques, est représenté par le « sage » (II, 43 ; V, 83) ou par le « philosophe » (XII, 66, 67). Le positionnement de l'auteur semble donc clair : il est respectueux des grands modèles et se place sous le vénérable patronage de Théophraste.

Une fois cet illustre garant salué, et surtout mis en place comme un paravent, il devient possible pour l'auteur anonyme[2] de faire œuvre personnelle et de se livrer à l'analyse critique de ce qui l'intéresse vraiment : les « mœurs de ce siècle », c'est-à-dire les façons de vivre et de penser non seulement des individus mais aussi des « groupes sociaux » de son temps (comme l'indique le titre des chapitres « De la cour », « De la ville », « De la mode », etc.). Cependant écrire sur un tel sujet peut fâcher : c'est un terrain sous haute surveillance à l'époque de La Bruyère. D'ailleurs, les traités consacrés aux mœurs et à la morale sont rédigés par des doctes et relèvent du genre didactique (leur but est d'instruire, *docere* dans la rhétorique classique) : ils se doivent

1. Désormais ne seront indiqués que le numéro du chapitre, en chiffres romains, et celui de la remarque, en chiffres arabes.
2. Le nom de l'auteur apparaît tardivement, dans la sixième édition, et de manière indirecte (XIV, 14).

d'attaquer frontalement le vice. Ils reposent sur des lieux communs et répondent à des lois formelles strictes, notamment concernant leur structure d'ensemble. Afin d'être reçu comme l'un des leurs par les moralistes chrétiens, La Bruyère s'est plié à cette tradition. Son texte prend parfois des allures d'école du sage, ses réflexions et maximes [1] se dotent d'une finalité prescriptive, sa description des mœurs, globalement, possède une visée édifiante et la composition du volume oriente elle aussi vers la méditation métaphysique, en réservant pour la fin les chapitres « De la chaire » et « Des esprits forts ». En contrepartie, La Bruyère est assuré d'être lu ; les habitués des salons et les courtisans s'arrachent les ouvrages fustigeant les vices et les ridicules.

Or c'est précisément pour eux que La Bruyère écrit. Il conçoit son livre certes pour dénoncer leurs travers, mais aussi en le conformant à leurs goûts (dans le but de plaire, *placere*). Et l'ouvrage rencontre en effet un vif succès à sa parution [2]. Un contemporain témoigne : « le livre est à peine affiché que les exemplaires en sont enlevés [3] » ; un autre : « Je me trouvai à la cour le premier jour que *Les Caractères* parurent, et je remarquai de tous côtés des pelotons où l'on éclatait de rire. [...] La conclusion était qu'il fallait acheter au plus tôt ce livre [4]. » La réécriture osée de Théophraste, les nombreux portraits [5] où l'on a cherché des « clefs [6] » pour reconnaître les personnages réels qui les

1. *Maximes* : formules exprimant de façon concise, paradoxale et brillante une vérité sur le comportement humain.

2. L'année même de sa parution, l'ouvrage connut deux rééditions.

3. Brillon, *Ouvrage nouveau dans le goût des Caractères de Théophraste et des Pensées de Pascal*, 1697.

4. Dans *Le Mercure galant*, juin 1693.

5. Les portraits sont des « jeux verbaux » en vogue à l'époque de La Bruyère : s'y sont essayés Molière, Mme de Lafayette, le cardinal de Retz, Saint-Simon, etc. (voir dossier, p. 164-174).

6. *Clefs* : indices. Les premiers lecteurs ont souvent écrit sur leur exemplaire des noms propres en face des pseudonymes, et il était par ailleurs possible de se .../...

auraient inspirés, et un certain ton de la conversation spirituelle (notamment l'art de la pointe, le goût de la formule brillante) expliquent cette réception enthousiaste par le lectorat mondain.

Toutefois, pour être reçu à l'Académie française[7], le succès ne suffit pas. Il faut aussi séduire l'élite des lettres. La Bruyère prend donc soin d'émailler son texte de réflexions théoriques sur la littérature (en particulier dans le chapitre I, « Des ouvrages de l'esprit ») que l'on peut résumer en un mot : la justesse. Pour y parvenir, il faut fuir l'écriture approximative des doctes (pédants et verbeux), des mondains (excessivement recherchés et creux), et des divers plumitifs (compilateurs, plagiaires[8], scoliastes[9] ou critiques). Ensuite, il faut se fonder exclusivement sur les authentiques chefs-d'œuvre écrits par « les anciens[10] et les habiles entre les modernes[11] » ; les imiter et suivre les règles stylistiques qu'ils édictent : le naturel, la clarté, la simplicité, la mesure. Enfin, il convient de formuler des idées exactes et persuasives, ayant une action efficace sur le lecteur. Bref, La Bruyère semble synthétiser l'esthétique classique. Pourtant *Les Caractères* n'ont rien de méthodique[12] ; les maximes, réflexions et portraits qui constituent chaque chapitre sont dans un net désordre, qui ne va pas diminuant au fil des éditions et des additions qu'elles

---

.../... procurer (sous le manteau) des ouvrages manuscrits ou imprimés prétendant dévoiler le nom réel des satirisés.

7. La Bruyère parvint à s'y faire élire en 1693, avec une faible majorité, grâce à l'appui du roi et au soutien des grands écrivains partisans des Anciens : son protecteur Bossuet, mais aussi Boileau, Racine et La Fontaine.

8. *Plagiaires* : personnes qui pillent ou copient les ouvrages d'autrui.

9. *Scoliastes* : commentateurs érudits.

10. Moïse, Homère, Platon, Virgile (I, 14), Horace (I, 14, 69), Térence (I, 38).

11. Marot (I, 42), Guez de Balzac, Voiture (I, 37), Molière (I, 38), Boileau (I, 69).

12. Le refus délibéré d'une composition « académique » est exprimé dans cette remarque : « "Vous écrivez si bien, *Antisthène* ! continuez d'écrire ; ne verrons-nous point de vous un *in-folio* ? traitez de toutes les vertus et de tous les vices dans un ouvrage suivi, méthodique, qui n'ait point de fin" ; ils devraient ajouter : "et nul cours". Je renonce à tout ce qui a été, qui est et qui sera livre » (XII, 21).

occasionnent[1]. Par ailleurs, le parti pris de la fragmentation qui préside à l'organisation du texte est à l'opposé même des règles de composition classiques. Enfin, *Les Caractères* ne relèvent pas d'un genre précis : ils offrent non seulement des études de caractères, mais aussi des mini-récits, des pastiches, des saynètes, des notations intimes, des dialogues, des discours oratoires, des sentences, une apologie en forme, des exercices de style, des prêches, des choses vues, des bouts d'essais critiques, etc., qui constituent un corpus inclassable. La Bruyère semble s'imposer un objectif impossible à atteindre : discerner et enserrer tous les aspects de l'homme. Le résultat est une œuvre tendue entre un désir d'exhaustivité et de clôture et une ouverture[2] obligée et infinie.

La critique morale[3]

Tout se passe comme si La Bruyère ne parvenait pas à circonscrire son principal objet d'étude : l'être humain (XI, 147). Il faut dire qu'il le dépeint selon deux perspectives contradictoires : tantôt dans le cadre d'une nature humaine d'essence immuable, foncièrement mauvaise et aveugle – c'est le dogme des Anciens ; tantôt comme un fantoche, infiniment ondoyant et insaisissable – c'est l'expérience de Montaigne. Dans les deux cas, il est monstrueux (XII, 66).

1. Voir chronologie, p. 27, 29.
2. De la première à la dernière édition, La Bruyère non seulement multiplie le nombre des remarques mais gonfle d'ajouts les remarques existantes (voir la chronologie, p. 27, 29, et la préface, p. 35).
3. On dirait aujourd'hui « psychologique ».

En premier lieu, le projet du moraliste est de démontrer de façon spectaculaire cet état calamiteux des hommes qui sont «fermes et constants dans le mal» (XI, 2) et «qui ne haïssent rien tant que d'être naturels» (IX, 50). La Bruyère s'y applique en dressant les contours de moi-types[1] observables[2] dans deux sociétés circonscrites: la cour versaillaise et la bourgeoisie parisienne. Le travail du moraliste, à la façon d'un entomologiste, consiste à épingler les spécimens les plus remarquables qu'il trouve. Le travail de l'écrivain, d'un point de vue technique, consiste à définir un cas particulier, mais avec le dessein de le rendre généralisable. Bien entendu, la constitution de cette collection de formes vicieuses et fascinantes résulte d'un souci de *discerner* (à cet effet, on remarque par exemple au niveau du vocabulaire les différences opérées entre le sot, le fat et l'impertinent, XII, 44, 45, 46), et d'un effort pour *caractériser*, soit par le trait psychologique dominant (Philémon ou le prétentieux, II, 27, Celse ou le suffisant, II, 39, etc.), soit par la situation sociale déterminante (Champagne ou le petit parvenu, VI, 18, Phédon ou le pauvre, VI, 83, etc.). Le résultat est un véritable spectacle: La Bruyère pose un nom, esquisse une silhouette puis feint de laisser Arrias parler (V, 9), Théodecte encombrer l'espace (V, 12)

1. Cette édition contient les types moraux suivants: l'intellectuel (I, 23, 25), le prétentieux (II, 27), l'homme de grand mérite (II, 32), le suffisant (II, 39), le paradeur (II, 40), la vieille coquette (III, 8), le pompeux (V, 7), le «monsieur je-sais-tout» (V, 9), le sans-gêne (V, 12), le bel esprit (V, 66, 75), l'épouseur (V, 82), l'injoignable (VI, 12), le petit parvenu (VI, 18), le grand parvenu (VI, 21), le riche (VI, 48), le grand superficiel (IX, 50), le distrait (XI, 7), le malade imaginaire (XI, 35), la sotte coquette (XI, 83), l'ingrat (XI, 105), l'indifférent (XI, 123), le moribond hyperactif (XI, 124), le noble de province (XI, 130), le sot (XI, 141), l'auteur à succès (XII, 21), les collectionneurs (XIII, 2), l'efféminé (XIII, 14), l'héritier éploré (XIV, 59), le charlatan (XIV, 68), l'auteur médiocre (XV, 23).

2. À cet égard, on rappellera la critique que l'académicien Charpentier fit à La Bruyère quand il le reçut: «Il [Théophraste] n'a envisagé que l'Universel; vous êtes plus descendu dans le particulier» (*Réponse à M. de La Bruyère*, 15 juin 1693).

ou Ménalque errer dans la rue (XI, 7) ; et le personnage est donné à voir en même temps qu'il est percé à jour.

En second lieu, la tâche du moraliste est d'améliorer les mœurs de ses lecteurs. Comment ? D'abord en les invitant à se reconnaître dans ces peintures de marionnettes hideuses. Ensuite en imprimant dans leur mémoire quelques maximes bien frappées. Enfin en leur offrant des modèles de « belles âmes » (VI, 58), par exemple Æmile (II, 32). Pourquoi ? Parce que la plupart des hommes vivent dans un état de péché ; les uns se sont perdus dans l'apparence, les autres ont sombré dans l'animalité (XII, 119). L'humanité n'est plus une donnée immédiate, elle doit être reconquise.

L'implication de l'auteur dans le combat pour rendre l'homme « plus humain, moins féroce » (VIII, 94) est totale. Loin de n'être qu'un simple témoin de son temps, La Bruyère écrit un livre « engagé ». Ferme et constant dans le bien, il dénonce énergiquement « les mœurs de [son] siècle » qui reposent sur le paraître, les réputations usurpées et les prétendues grandeurs. Ses verdicts sont sans appel. Mais le sage ne se contente pas de fulminer d'en haut, il se donne à voir lui-même dans son existence quotidienne, toujours accessible et sociable (VI, 12). Il prouve que la vertu n'est pas une abstraction mais simplement une autre façon de vivre. L'image que l'auteur donne de lui-même contribue ainsi à corriger le lecteur. Ce subtil travail sur l'*ethos*[1] s'accompagne d'un « discours de la méthode » pour conduire le lecteur à penser de façon juste[2]. En effet, La Bruyère écrit aussi un manuel de « lucidité » (« Des jugements »). Pour lui, l'effort intellectuel qui consiste à bien lire et relire ne relève pas du jeu cérébral, mais

1. Dans sa *Rhétorique*, Aristote nomme *ethos* (du terme grec ἦθος, « personnage ») l'image de soi que projette l'orateur. Il s'agit d'inspirer confiance à l'auditoire. Un *ethos* bien construit est ainsi un moyen de rendre le discours persuasif : « c'est le caractère moral [de l'orateur] qui amène la persuasion » (*Rhétorique*, 83).
2. Voir l'allusion à Descartes, XII, 42.

du devoir moral. Il prône une éthique du « discernement » (XII, 57) menant en particulier au refus de la bienséance hypocrite qui prévaut dans le monde à l'égard des sots, des impertinents, des fats, des vaniteux, etc. (« Je cède enfin et je disparais, incapable de souffrir plus longtemps Théodecte, et ceux qui le souffrent », V, 12). Cependant, il faut bien vivre avec son temps, et l'obligation de fréquenter des « caractères » est un « mal nécessaire » (V, 5, 14 ; XI, 71 ; XIII, 11). Le sage doit rester en liaison avec la réalité et doit s'accommoder à son environnement (II, 27, dernier paragraphe). D'autant qu'il peut être inégal et que sa belle voix grave est susceptible de s'altérer (XI, 142). La figure du moraliste n'est donc pas chez La Bruyère toujours figée et ridée mais plus changeante et nuancée qu'il y paraît. Cette instabilité coïncide avec la représentation d'une société en pleine mutation.

La critique sociale

La Bruyère dépeint une société qui n'est plus régie par un ordre ancien, structuré et harmonieux, qu'il situe tantôt à l'âge féodal, tantôt dans l'Antiquité, voire dans l'âge d'or mythique [1]. Pourquoi cet ordre a-t-il disparu ? Parce que les grands aristocrates vertueux n'existent plus (XIV, 15) [2], écrit en substance La Bruyère. Les grands qui restent sont vidés de leur essence (IX, 50), ils n'« ont que des

1. L'âge féodal est évoqué dans les « chroniques » (XIV, 14) et considéré comme une époque où régnait l'authentique « vertu » (XIV, 15) et où certaines « distinction[s] » fondamentales étaient encore d'usage ; l'Antiquité est évoquée à travers une allégorie bucolique, d'inspiration homérique (X, 29) ; enfin, l'âge d'or mythique est celui où s'observait « une certaine inégalité dans les conditions, qui entret[enait] l'ordre et la subordination » (XV, 47).
2. Æmile (II, 32) est une exception.

dehors » (IX, 25) et sont « semblables à ces figures de carton qui servent de montre à une fête publique » (IX, 32). Occupant des postes purement honorifiques, ils se désintéressent de la situation sociale, ils laissent faire et la conséquence d'une telle démission est la circulation anarchique des personnes d'une catégorie sociale à une autre : par l'argent (VI, « Des biens de fortune ») et quelques affaires troubles, le bourgeois parvient à se hisser aux plus hautes charges, à se faire attribuer des lettres de noblesse (XIV, 5), et à passer pour un grand. Aux yeux de La Bruyère, monarchiste convaincu, c'est le monde à l'envers.

Il faut souligner que cette attention aux données socio-économiques est nouvelle. La Bruyère en est conscient. Il a voulu que tout le monde se reconnaisse dans la société sans fard qu'il dépeint ; en contrepartie, il souhaite être reconnu comme intellectuel hors pair (« Il ne manque cependant à l'oisiveté du sage qu'un meilleur nom, et que méditer, parler, lire, et être tranquille s'appelât travailler », II, 12). Face aux réputations usurpées de tant de médiocres, il est en effet évident que La Bruyère fait fréquemment allusion à son propre mérite dédaigné (II, 3) ; il a beau feindre un détachement philosophique (II, 43 ; VI, 56), on sent parfois qu'il enrage de n'être pas sollicité pour un emploi élevé. Là se trouve peut-être l'origine du ton très vindicatif de certaines remarques.

Mais la critique sociale ne touche pas uniquement les grands : toutes les conditions et les situations sont représentées, nourrissant une fresque satirique des types sociaux d'une ampleur inégalée : le courtisan [1], le grand [2], le nobliau de province [3], le

1. Servile (VIII, 7), intéressé (VIII, 36), ambitieux (VIII, 62), dissimulé (VIII, 63), faux dévot (VIII, 74), etc.

2. Dur (IX, 7), arrogant, favorable aux « méchants » (IX, 13), ignorant, pervers (IX, 25), frivole (IX, 50), etc.

3. Obsédé par sa généalogie et ses armoiries (XI, 130), oisif, pauvre, violent (XIV, 129), etc.

prêtre [1], le bel esprit, le juge [2], etc. Sont épargnés ceux qui sont vraiment utiles au fonctionnement de la société : les petits-bourgeois et les artisans. Si sa passion cartésienne pour les divisions, les sous-parties (comme en témoignent les variétés de coquettes, de courtisans, de gens d'esprit, etc.), les détails, les parallèles, les oppositions, les explications, en un mot si la « caractérisation » conduit La Bruyère à décrire et représenter si brillamment tant d'individus, ce n'est pas pour les mettre en valeur, mais pour mieux les miner, les « anéantir » comme des êtres nuisibles. Et cette détermination ne faiblit pas lorsqu'il passe de la critique des conditions sociales à celle des institutions politiques.

La critique politique

La Bruyère affirme haut et fort que l'État monarchique périclite parce qu'il n'est plus géré par des hommes bien nés, méritants et soucieux des deniers publics. Comme cette « race » d'aristocrates semble avoir disparu, les rênes du pouvoir sont flottantes ; les roturiers peuvent usurper la noblesse, les sots accéder à des emplois importants, les « âmes sales » s'enrichir malhonnêtement aux dépens de tous [3]. On assiste à une inextricable foire d'empoigne où plus personne n'occupe la place qui devrait être la sienne, où la fonction ne répond plus à la condition et où chacun ne pense qu'à devenir noble, riche ou à accéder à de très hauts postes. La conséquence de cette déchéance du régime est une généralisation de la politique de l'intérêt

1. Comédien (XV, 1), mondain (XV, 9), de goûts profanes (XV, 20), carriériste, etc.
2. Lent (XIV, 41), formaliste, mal préparé à sa tâche (XIV, 48), inhumain (XIV, 51), partial (XIV, 55), etc.
3. Dans le chapitre VI, il dénonce ainsi l'ascension des « partisans ».

personnel : celui des juges n'est plus de juger (XIV, 43), celui des médecins n'est plus de guérir (XIV, 66) et celui des prêtres n'est plus de prêcher l'Évangile (XV, 9). Tout un chacun est ainsi mis en péril moralement, physiquement et spirituellement, à la suite de cette incurie des ministères et des conseils, peuplés de bourgeois sortis de leurs rangs avec le consentement d'un État pervers (tantôt impuissant, tantôt complice).

Or l'État, en dernière analyse, c'est le roi. C'est lui qui devrait être le garant de l'ordre traditionnel. Mais on n'attaque pas directement le pouvoir souverain. Il faut être prudent et savoir utiliser la louange (X, « Du souverain ou de la république »). Si La Bruyère dénonce la politique extérieure de Louis XIV, faite de guerres incessantes (X, 9), il est beaucoup plus modéré en ce qui concerne la politique intérieure ; il développe un apologue du genre bucolique (X, 29) pour exposer une « naïve » conception patriarcale (X, 27) de la monarchie. Mais s'il est très attaché à la monarchie, il n'est pas dupe de la représentation pastorale qu'il en donne ; il ose même, contre toute bienséance, dénoncer la tentation absolutiste du Roi-Soleil (X, 2), l'arbitraire de ses choix (X, 28) et les maux superflus qu'il impose à tous. Il va jusqu'à émettre le principe d'un droit de regard et de condamnation de l'individu sur tout ce qui émane de l'autorité royale : « Il y a un commerce ou un retour de devoirs du souverain à ses sujets » (X, 28). Il ne faudrait pourtant pas s'y tromper, La Bruyère est conservateur, il ne remet pas en question les autorités établies. Idéologiquement, il est nettement tourné vers le passé ; c'est son style qui est novateur.

Une écriture en éclats

La discontinuité préside à l'écriture du texte de La Bruyère : division en chapitres, mélange de genres littéraires, couches de textes, changements soudains de ton (amer, attendri, indigné, passionné, ironique, etc.), alliance de contraires (général/particulier, apparence/réalité, etc.), morcellement des chapitres en remarques, chacune refermée sur elle-même (la pointe finale), parataxe [1] systématique, etc. Le texte se fait le reflet d'une réalité qui n'est que brisures (« on ne fait que glaner », écrit La Bruyère, I, I), et qu'il tente de figer dans un présent de vérité générale.

Cette fragmentation s'accompagne de la recherche d'une continuité perdue : discrets renvois d'une remarque à l'autre, relative constance des thèmes [2], tentative pour reconstruire une instance énonciatrice qui dominerait l'ensemble des remarques (le jugement du sage), effort pour restaurer une finalité religieuse à toutes ces peintures d'êtres dévoyés (le jugement de Dieu) [3]. Mais ce n'est qu'un leurre : La Bruyère, qui a forgé avec ce texte quantité de petites œuvres d'art, se trouve incapable, le moment venu, de leur donner un sens global univoque, de les sommer de dire une vérité unique. Ce ne sont que des vérités partielles, résultant d'une approche multilatérale de la réalité.

La Bruyère sollicite souvent le lecteur. S'il prend soin de l'amuser [4], en usant d'un large éventail rhétorique (notamment le recours au burlesque : caricatures, farces), en contrepartie il exige

1. *Parataxe* : absence de liens syntaxiques entre les phrases et les propositions.
2. Les chapitres III, IV et V (« Du cœur », « Des femmes », « De la société et de la conversation ») traitent plutôt de la morale, les chapitres VI à X de la société, et les chapitres XIII à XVI de la religion.
3. « [...] cette terre [n'est pas] le seul endroit de la scène où se doivent passer la punition et les récompenses » (XVI, 47).
4. « [...] le plaisir le plus délicat est de faire celui d'autrui » (V, 16).

son attention. Il déplace sans cesse ses cibles tout en entraînant avec lui son destinataire, dont la présence d'esprit est constamment sollicitée au moyen de dispositifs dialogiques : l'auteur l'interpelle directement, imagine qu'il réplique [1], lui pose une question ou une devinette [2], lui impose d'adopter le regard d'un étranger sur une réalité familière [3], le place en position de spectateur d'une saynète... [4]. Ainsi, parcourant le microcosme que constituent *Les Caractères*, le lecteur complice s'habitue-t-il à ajuster son esprit sur celui de l'auteur, à renverser les perspectives, à s'interroger, à relire, à tisser des liens logiques, à relativiser, à reconstituer lui-même la cohérence d'un raisonnement et, finalement, à mieux penser. L'art littéraire se révèle donc intéressant à plus d'un titre. Il n'ouvre pas seulement un espace ludique où l'on peut jubiler en paix (vers le jeu d'esprit) [5], il a le pouvoir en simulant de stimuler (vers la méthode intellectuelle). Car le but permanent de La Bruyère dans *Les Caractères* est de dénoncer la bêtise humaine.

---

1. « Vous dites qu'il faut être modeste, les gens bien nés ne demandent pas mieux [...] » (XI, 71).
2. « Qu'est-ce qu'une femme que l'on dirige ? » (III, 36).
3. Au sujet de la cour (VIII, 74) ou de la guerre (XII, 119).
4. « L'or éclate, dites-vous, sur les habits de Philémon » (II, 27).
5. Ainsi Antisthène ne consent-il à écrire que « par jeu » (XII, 21).

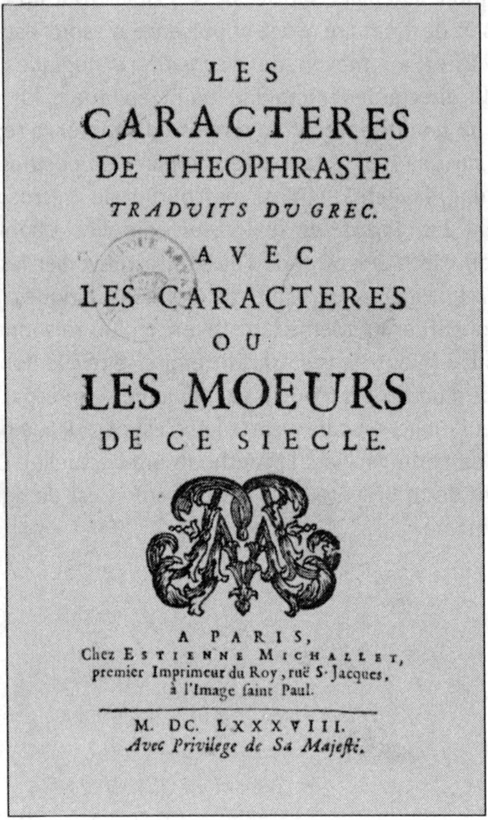

LES
CARACTERES
DE THEOPHRASTE
TRADUITS DU GREC.
AVEC
LES CARACTERES
OU
LES MOEURS
DE CE SIECLE.

A PARIS,
Chez ESTIENNE MICHALLET,
premier Imprimeur du Roy, ruë S. Jacques,
à l'Image saint Paul.

M. DC. LXXXVIII.
Avec Privilege de Sa Majesté.

■ Édition originale (1688), publiée par Étienne Michallet. À propos de ce dernier, un contemporain raconte l'anecdote suivante : « M. de La Bruyère venait journellement s'asseoir chez un libraire nommé Michallet, où il feuilletait les nouveautés, et s'amusait avec un enfant fort gentil, fille du libraire, qu'il avait pris en amitié. Un jour [octobre 1687 ?], il tira un manuscrit de sa poche et dit à Michallet : "Voulez-vous imprimer ceci [c'étaient *Les Caractères*] ? Je ne sais si vous y trouverez votre compte ; mais en cas de succès, le produit sera la dot de ma petite amie" » (Formey, *Mémoires de l'Académie des sciences et belles-lettres de Berlin*, 1792).

CHRONOLOGIE

1645 1696
1645 1696

■ **Repères historiques et culturels**

■ **Vie et œuvre de l'auteur**

Repères historiques et culturels

1627	Naissance de Bossuet.
1635	Louis XIII institue l'Académie française créée l'année précédente par Richelieu.
1636	Descartes, *Discours de la méthode*. Corneille, *Le Cid*.
1638	Naissance de Louis XIV.
1639	Naissance de Racine.
1643	Mort de Louis XIII, Louis XIV n'a que cinq ans. Sa mère, Anne d'Autriche, assure la régence avec l'aide de Mazarin.
1657	Naissance de Fontenelle.
1661	Mort de Mazarin. Début du règne personnel de Louis XIV. Début de la construction du château de Versailles. Arrestation de Fouquet, surintendant des Finances depuis 1653, accusé de malversations.
1662	Colbert devient contrôleur général des Finances. Molière, *L'École des femmes* (la pièce déclenche une vive polémique). Le cardinal de Retz entreprend la rédaction de ses *Mémoires*.
1664	La Rochefoucauld, *Maximes*.
1666-1668	Boileau, *Satires* (I à IX).
1667	Guerre de Dévolution, motivée par la prétention des Français sur les Pays-Bas. Elle s'achève par le traité d'Aix-la-Chapelle : la France gagne Lille et Douai. Mme de Montespan devient la favorite de Louis XIV.

Vie et œuvre de l'auteur

1645 Naissance de Jean de La Bruyère, sur l'île de la Cité, en plein cœur de Paris.

1655-1665 Le jeune homme apprend le latin, le grec et l'italien ; il fait son droit à Orléans puis à Paris. Il a peut-être exercé quelques années au barreau de Paris.

1666 Mort de son père.

Repères historiques et culturels

1668	La Fontaine, *Fables* (parution des six premiers livres).
1670	Pascal, *Pensées* (publication posthume). Molière, *Le Bourgeois gentilhomme.*
1672-1679	Guerre de Hollande. Dans un premier temps, le conflit oppose la France aux Provinces-Unies (État fédéral constitué en 1579 et comprenant la partie septentrionale des Pays-Bas), puis il s'étend à la plupart des grandes puissances européennes coalisées contre Louis XIV. Il s'achève par les traités de Nimègue qui donnent à la France la Franche-Comté, ainsi que Cambrai, Maubeuge et Longwy.
1673	Mort de Molière.
1676-1715	Querelle des Anciens et des Modernes.
1678	Deuxième recueil des *Fables* de La Fontaine. Mme de Lafayette, *La Princesse de Clèves*.
1680	Mort de La Rochefoucauld.
1682	La cour quitte le Louvre et s'installe à Versailles.
1683	Mort de Colbert. Louis XIV change de favorite : début de l'influence de la dévote Mme de Maintenon.

Vie et œuvre de l'auteur

Vers 1670	Il commence à écrire ses *Caractères*.
1671	Mort de son oncle, homme riche et célibataire : son héritage est partagé entre ses neveux et nièces.
1673	Avec sa part d'héritage, La Bruyère achète une charge de trésorier de France au bureau des Finances de Caen, qui lui confère l'anoblissement.
1674	Il demeure quelque temps en Normandie pour se faire installer dans ses fonctions de trésorier, puis revient à Paris.
1674-1684	Vie calme, discrète et studieuse, chez l'un de ses frères.

Repères historiques et culturels

1684	Mort de Corneille.
1685	Révocation de l'édit de Nantes.
1686	Fontenelle, *Entretiens sur la pluralité des mondes.*
1687	Fontenelle, *Histoire des oracles.*
1688	Fontenelle, *Digression sur les Anciens et les Modernes.* Charles Perrault, *Parallèle des Anciens et des Modernes.*
1688-1697	Guerre de la ligue d'Augsbourg, à partir des prétentions françaises sur le Luxembourg et le Palatinat (Allemagne).
1689	Mort de Mme de Lafayette.
1690	Furetière, *Dictionnaire universel.*
1691-1695	Charles Perrault, *Contes.*

Vie et œuvre de l'auteur

1684 À trente-neuf ans, La Bruyère devient précepteur du duc de Bourbon, alors âgé de seize ans. C'est le petit-fils du prince de Condé, mécène puissant et éclairé (protecteur de Bossuet, de Boileau, de Racine et de Molière) apparenté à la famille royale. Pour enseigner à son élève la philosophie, l'histoire, la géographie et la mythologie, La Bruyère le suit tantôt à Chantilly, tantôt à Versailles, tantôt à Paris.

1685 Son élève épouse la fille légitimée de Louis XIV et de Mme de Montespan ; la charge du précepteur s'étend donc à la jeune épouse.

1686 Mort du Grand Condé. L'élève de La Bruyère devient alors « Monsieur le Duc » et doit cesser ses études. La Bruyère devient « gentilhomme de M. le Duc » et occupe de vagues fonctions de secrétaire et de bibliothécaire qui lui laissent le loisir d'achever ses *Caractères*.

1687 Il soumet son texte à Boileau, puis à Bussy-Rabutin.

1688 Parution des *Caractères de Théophraste, traduits du grec, avec les Caractères ou les Mœurs de ce siècle*, sans nom d'auteur. Dans ce volume, quatre cent vingt « remarques » sont ajoutées à la traduction. Le succès est immédiat. Deux autres éditions sont publiées la même année.

1689 Quatrième édition, augmentée de trois cent vingt-quatre remarques.

1690 Cinquième édition, augmentée de cent cinquante-neuf remarques.

1691 Sixième édition, augmentée de soixante-quatorze remarques.

Repères historiques et culturels

1694	Naissance de Voltaire. Boileau, *Satire X*. *Dictionnaire de l'Académie française*.
1695	Mme de Sévigné, *Lettres* (première édition).
1699	Mort de Racine.
1704	Mort de Bossuet.

Vie et œuvre de l'auteur

1692 Septième édition, augmentée de soixante-seize remarques. Pour la première fois, la traduction de *Théophraste* est composée dans des caractères d'un corps inférieur à celui utilisé pour le texte de La Bruyère.

1693 En mai, élection de l'auteur à l'Académie française, en dépit de l'opposition des Modernes (Perrault, Fontenelle) et des partisans de Corneille, dont La Bruyère a indiqué qu'il lui préférait Racine dans son discours de réception, qui fait l'objet d'une édition séparée. En juin, *Le Mercure galant* publie un article attaquant *Les Caractères*.

1694 Huitième édition des *Caractères* ; elle comporte exactement sept cents remarques de plus que la première édition. La Bruyère joint à cette nouvelle édition son *Discours* de réception, une préface vengeresse, et un portrait caricatural de Fontenelle.

1695 La Bruyère prépare la neuvième édition de ses *Caractères*. Il entreprend un nouvel ouvrage intitulé *Dialogues sur le quiétisme*, resté inachevé.

1696 Le 10 mai, mort brutale à Versailles de La Bruyère, âgé de cinquante et un ans, de deux attaques successives d'apoplexie.

■ Portrait de La Bruyère, lithographie de Delpech d'après Maurin (1832).

NOTE SUR L'ÉDITION

Le présent volume est une édition par extraits reprenant le texte de la neuvième édition (1696), dernière version revue par l'auteur avant sa mort. À l'intérieur des chapitres, la numérotation des remarques du texte intégral (qui a remplacé les signes typographiques appelés « pieds de mouche » – voir p. 61) a été conservée.

Le choix des extraits répond au souci de respecter les proportions relatives des chapitres du texte complet, de reproduire, le plus souvent possible, dans leur intégralité les remarques sélectionnées, de donner un éventail représentatif des thèmes essentiels de l'œuvre ainsi que des « genres » qu'elle recoupe.

Les Caractères
ou
les Mœurs de ce siècle

77

LES

CARACTERES OU LES MOEURS DE CE SIECLE.

JE rends au Public ce qu'il m'a prêté : j'ay emprunté de luy la matiere de cet ouvrage ; il eſt juſte que l'ayant achevé avec toute l'attention pour la verité dont je ſuis capable, & qu'il merite de moy, je luy en faſſe la reſtitution : il peut regarder avec loiſir ce portrait que j'ay fait de luy d'aprés nature, & s'il ſe connoît quelques-uns des défauts que je touche

■ Reproduction de la première page de la préface, quatrième édition (1689).

Préface

Admonere voluimus, non mordere ;
prodesse, non lædere ;
consulere moribus hominum, non officere.
ÉRASME [1].

Je rends au public ce qu'il m'a prêté ; j'ai emprunté de lui la matière de cet ouvrage : il est juste que, l'ayant achevé avec toute l'attention pour la vérité dont je suis capable, et qu'il mérite de moi, je lui en fasse la restitution. Il peut regarder avec loisir ce portrait que j'ai fait de lui d'après nature [2], et s'il se connaît quelques-uns des défauts que je touche [3], s'en corriger. C'est l'unique fin [4] que l'on doit se proposer en écrivant, et le succès aussi que l'on doit moins se promettre [5] ; mais comme les hommes ne se dégoûtent point du vice, il ne faut pas aussi [6] se lasser de leur reprocher : ils seraient peut-être pires, s'ils venaient à manquer de

---

1. « Nous avons voulu mettre en garde, et non mordre ; être utile, et non blesser ; améliorer les mœurs, et non nuire. » Cette épigraphe est un ajout de la quatrième édition.
2. Le texte apparaît implicitement comme un miroir tendu.
3. ***Que je touche*** : que je dépeins.
4. ***Fin*** : but.
5. ***Le succès [...] que l'on doit moins se promettre*** : le résultat qu'on doit le moins espérer.
6. ***Aussi*** : non plus.

censeurs[1] ou de critiques ; c'est ce qui fait que l'on prêche et que l'on écrit. L'orateur et l'écrivain[2] ne sauraient vaincre la joie qu'ils ont d'être applaudis ; mais ils devraient rougir d'eux-mêmes s'ils n'avaient cherché par leurs discours ou par leurs écrits que des éloges ; outre que l'approbation la plus sûre et la moins équivoque est le changement de mœurs et la réformation[3] de ceux qui les lisent ou qui les écoutent. On ne doit parler, on ne doit écrire que pour l'instruction ; et s'il arrive que l'on plaise, il ne faut pas néanmoins s'en repentir, si cela sert à insinuer et à faire recevoir les vérités qui doivent instruire [...]. Il y [...] a une autre [règle], et que j'ai intérêt que l'on veuille suivre, qui est de ne pas perdre mon titre de vue, et de penser toujours, et dans toute la lecture de cet ouvrage, que ce sont les caractères ou les mœurs de ce siècle que je décris ; car bien que je les tire souvent de la cour de France et des hommes de ma nation, on ne peut pas néanmoins les restreindre à une seule cour, ni les renfermer en un seul pays, sans que mon livre ne perde beaucoup de son étendue et de son utilité, ne s'écarte du plan que je me suis fait d'y peindre les hommes en général, comme des raisons qui entrent dans l'ordre des chapitres et dans une certaine suite insensible[4] des réflexions qui les composent. Après cette précaution si nécessaire, et dont on pénètre assez les conséquences, je crois pouvoir protester contre tout chagrin[5], toute plainte, toute maligne[6] interprétation, toute fausse application et toute censure, contre les froids plaisants[7] et les lecteurs malintentionnés : il faut savoir lire, et ensuite se taire, ou pouvoir rapporter ce qu'on a lu, et ni plus ni moins que ce qu'on a lu ; et si on le peut

1. ***Censeurs*** : juges.
2. Le rapprochement entre l'orateur sacré (le prêtre) et l'écrivain est significatif ; ils visent, l'un à l'oral (par le discours qu'il tient dans sa chaire), l'autre à l'écrit, le même but.
3. ***La réformation*** : l'amélioration morale.
4. ***Une certaine suite insensible*** : une certaine logique.
5. ***Chagrin*** : mécontentement.
6. ***Maligne*** : malintentionnée.
7. ***Froids plaisants*** : ceux qui énoncent des plaisanteries qui ne font pas rire.

quelquefois, ce n'est pas assez, il faut encore le vouloir faire : sans ces conditions, qu'un auteur exact et scrupuleux est en droit d'exiger de certains esprits pour l'unique récompense de son travail, je doute qu'il doive continuer d'écrire, s'il préfère du moins sa propre satisfaction à l'utilité de plusieurs et au zèle de la vérité[1]. J'avoue d'ailleurs que j'ai balancé dès l'année M.DC.LXXXX[2], et avant la cinquième édition, entre l'impatience de donner à mon livre plus de rondeur et une meilleure forme par de nouveaux caractères, et la crainte de faire dire à quelques-uns : « Ne finiront-ils point, ces *Caractères*, et ne verrons-nous jamais autre chose de cet écrivain ? » [...] Je pris alors quelque chose de ces deux avis si opposés, et je gardai un tempérament[3] qui les rapprochait : je ne feignis point d'ajouter quelques nouvelles remarques à celles qui avaient déjà grossi du double la première édition de mon ouvrage ; mais afin que le public ne fût point obligé de parcourir ce qui était ancien pour passer à ce qu'il y avait de nouveau, et qu'il trouvât sous ses yeux ce qu'il avait seulement envie de lire, je pris soin de lui désigner cette seconde augmentation par une marque particulière ; je crus aussi qu'il ne serait pas inutile de lui distinguer la première augmentation par une autre plus simple, qui servît à lui montrer le progrès de mes *Caractères*, et à aider son choix dans la lecture qu'il en voudrait faire ; et comme il pouvait craindre que ce progrès n'allât à l'infini, j'ajoutais à toutes ces exactitudes une promesse sincère de ne plus rien hasarder en ce genre. Que si quelqu'un m'accuse d'avoir manqué à ma parole, en insérant dans les trois éditions qui ont suivi un assez grand nombre de nouvelles remarques, il verra du moins qu'en les confondant avec les anciennes par la suppression entière de ces différences qui se voient par apostille[4], j'ai moins pensé à lui faire lire rien de nouveau qu'à laisser peut-être un ouvrage de mœurs plus complet,

1. ***Au zèle de la vérité*** : à la passion pour la vérité.
2. ***M.DC.LXXXX*** : 1690.
3. ***Tempérament*** : moyen terme, solution mesurée.
4. ***Apostille*** : ici, marque particulière servant à signaler une addition.

plus fini, et plus régulier, à la postérité. Ce ne sont point au reste des maximes[1] que j'aie voulu écrire : elles sont comme des lois dans la morale, et j'avoue que je n'ai ni assez d'autorité ni assez de génie pour faire le législateur ; je sais même que j'aurais péché contre l'usage des maximes, qui veut qu'à la manière des oracles[2] elles soient courtes et concises. Quelques-unes de ces remarques le sont, quelques autres sont plus étendues : on pense les choses d'une manière différente, et on les explique par un tour aussi tout différent, par une sentence[3], par un raisonnement, par une métaphore ou quelque autre figure, par un parallèle, par une simple comparaison, par un fait tout entier, par un seul trait, par une description, par une peinture : de là procède la longueur ou la brièveté de mes réflexions. Ceux enfin qui font des maximes veulent être crus : je consens, au contraire, que l'on dise de moi que je n'ai pas quelquefois bien remarqué, pourvu que l'on remarque mieux.

---

1. ***Maximes*** : voir note 1, p. 9. La Bruyère ne veut pas être considéré comme un imitateur du maître du genre : La Rochefoucauld (1613-1680).

2. ***Oracles*** : dans l'Antiquité, réponse qu'une divinité donnait à ceux qui la consultaient.

3. ***Sentence*** : pensée, concernant surtout un point de morale, exprimée d'une façon littéraire, recherchée.

I. Des ouvrages de l'esprit

1. – Tout est dit, et l'on vient trop tard depuis plus de sept mille ans qu'il y a des hommes, et qui pensent. Sur ce qui concerne les mœurs, le plus beau et le meilleur est enlevé [1] ; l'on ne fait que glaner après les anciens et les habiles [2] d'entre les modernes.

2. – Il faut chercher seulement à penser et à parler juste, sans vouloir amener les autres à notre goût et à nos sentiments ; c'est une trop grande entreprise.

14. – Tout l'esprit d'un auteur consiste à bien définir [3] et à bien peindre. MOÏSE [4], HOMÈRE, PLATON, VIRGILE, HORACE ne sont au-dessus des autres écrivains que par leurs expressions et

1. ***Est enlevé*** : a déjà été dit.
2. ***Habiles*** : compétents.
3. ***À bien définir*** : à employer l'expression appropriée.
4. ***Moïse*** : quand même on ne le considère que comme un homme qui a écrit (note de La Bruyère) ; il est considéré comme l'auteur du Pentateuque (ensemble des cinq premiers livres de la Bible : la Genèse, l'Exode, le Lévitique, les Nombres et le Deutéronome).

par leurs images : il faut exprimer le vrai pour écrire naturellement, fortement, délicatement.

15. – On a dû faire du style ce qu'on a fait de l'architecture. On a entièrement abandonné l'ordre gothique[1], que la barbarie avait introduit pour les palais et pour les temples ; on a rappelé le dorique, l'ionique et le corinthien[2] : ce qu'on ne voyait plus que dans les ruines de l'ancienne Rome et de la vieille Grèce, devenu moderne, éclate dans nos portiques[3] et dans nos péristyles[4]. De même, on ne saurait en écrivant rencontrer le parfait, et s'il se peut, surpasser les anciens que par leur imitation.

Combien de siècles se sont écoulés avant que les hommes, dans les sciences et dans les arts, aient pu revenir au goût des anciens et reprendre enfin le simple et le naturel !

On se nourrit des anciens et des habiles modernes, on les presse, on en tire le plus que l'on peut, on en renfle[5] ses ouvrages ; et quand enfin l'on est auteur, et que l'on croit marcher tout seul, on s'élève contre eux, on les maltraite, semblable à ces enfants drus et forts d'un bon lait qu'ils ont sucé, qui battent leur nourrice[6].

Un auteur moderne prouve ordinairement que les anciens nous sont inférieurs en deux manières, par raison et par exemple : il tire la raison de son goût particulier, et l'exemple de ses ouvrages.

---

1. ***L'ordre gothique*** : l'architecture médiévale.
2. ***Le dorique, l'ionique et le corinthien*** : les trois ordres de l'architecture grecque caractérisés le premier par des colonnes cannelées sans base, les deuxième et troisième par des chapiteaux différemment ornés.
3. ***Portiques*** : galeries ouvertes généralement soutenues par deux rangées de colonnes.
4. ***Péristyles*** : colonnades entourant la cour intérieure d'un édifice ou disposées autour de ce dernier.
5. ***Renfle*** : augmente.
6. ***Battent leur nourrice*** : allusion possible à Fontenelle (1657-1757) qui, après avoir fait de brillantes études chez les jésuites, les attaqua et prit le parti des Modernes contre les Anciens en publiant en 1688 un essai polémique intitulé *Digression sur les Anciens et les Modernes*.

Il avoue que les anciens, quelque inégaux et peu corrects qu'ils soient, ont de beaux traits ; il les cite[1], et ils sont si beaux qu'ils font lire sa critique.

Quelques habiles[2] prononcent[3] en faveur des anciens contre les modernes ; mais ils sont suspects et semblent juger en leur propre cause, tant leurs ouvrages sont faits sur le goût de l'antiquité : on les récuse.

23. – « Que dites-vous du livre d'*Hermodore* ? – Qu'il est mauvais, répond *Anthime*. – Qu'il est mauvais ? – Qu'il est tel, continue-t-il, que ce n'est pas un livre, ou qui mérite du moins que le monde en parle. – Mais l'avez-vous lu ? – Non », dit Anthime. Que n'ajoute-t-il que *Fulvie* et *Mélanie* l'ont condamné sans l'avoir lu, et qu'il est ami de Fulvie et de Mélanie ?

24. – *Arsène*[4], du plus haut de son esprit[5], contemple les hommes, et dans l'éloignement d'où il les voit, il est comme effrayé de leur petitesse ; loué, exalté, et porté jusqu'aux cieux par de certaines gens qui se sont promis de s'admirer réciproquement, il croit, avec quelque mérite qu'il a, posséder tout celui qu'on peut avoir[6], et qu'il n'aura jamais ; occupé et rempli de ses sublimes idées, il se donne à peine le loisir[7] de prononcer quelques oracles[8] ; élevé par son caractère au-dessus des

---

1. Allusion au *Parallèle des Anciens et des Modernes* (1688) de Charles Perrault, fameux recueil de dialogues fictifs où trois personnages comparent les valeurs respectives des œuvres des auteurs antiques et contemporains.

2. Les clefs contemporaines (voir note 6, p. 9) désignent Boileau et Racine.

3. ***Prononcent*** : prennent parti.

4. Les clefs contemporaines désignent le comte de Tréville (1642-1708), célèbre par sa vive intelligence, l'instabilité de ses opinions et son orgueil.

5. Voir le portrait que Célimène fait de Damis dans *Le Misanthrope* (1666) de Molière (acte II, scène IV).

6. Voir également le portrait de Ménippe (II, 40, p. 50).

7. ***Il se donne à peine le loisir*** : il prend à peine le temps.

8. ***Oracles*** : réflexions divines (voir note 2, p. 36) ; le ton est ironique.

jugements humains, il abandonne aux âmes communes le mérite d'une vie suivie et uniforme, et il n'est responsable de ses inconstances qu'à ce cercle d'amis[1] qui les idolâtrent : eux seuls savent juger, savent penser, savent écrire, doivent écrire ; il n'y a point d'autre ouvrage d'esprit si bien reçu dans le monde, et si universellement goûté des honnêtes gens, je ne dis pas qu'il veuille approuver, mais qu'il daigne lire : incapable d'être corrigé par cette peinture, qu'il ne lira point.

25. – *Théocrine*[2] sait des choses assez inutiles ; il a des sentiments toujours singuliers ; il est moins profond que méthodique ; il n'exerce que sa mémoire ; il est abstrait, dédaigneux, et il semble toujours rire en lui-même de ceux qu'il croit ne le valoir pas. Le hasard fait que je lui lis mon ouvrage, il l'écoute. Est-il lu, il me parle du sien. « Et du vôtre, me direz-vous, qu'en pense-t-il ? » – Je vous l'ai déjà dit, il me parle du sien.

37. – Je ne sais si l'on pourra jamais mettre dans des lettres plus d'esprit, plus de tour, plus d'agrément et plus de style que l'on en voit dans celles de BALZAC et de VOITURE[3] ; elles sont vides de sentiments qui n'ont régné que depuis leur temps, et qui doivent aux femmes leur naissance. Ce sexe va plus loin que le

1. ***Il n'est responsable de ses inconstances qu'à ce cercle d'amis*** : il ne répond de ses inconstances que devant ce cercle d'amis.
2. Les clefs contemporaines désignent ici l'abbé de Dangeau (1643-1723), grammairien et académicien.
3. Guez de Balzac (v. 1595-v. 1654) et Vincent Voiture (1597-1648) sont auteurs de *Lettres*, caractérisées pour le premier par une éloquence qui se veut naturelle et pour le second par la virtuosité de l'expression, la recherche formelle aux dépens d'une certaine authenticité. La Bruyère semble leur préférer des auteurs féminins auxquels il reconnaît des qualités stylistiques que n'ont pas les hommes. On pense à Mme de Sévigné, qui dans sa correspondance, modèle du genre, revendique une manière spontanée et rapide, gage d'une sincérité qui l'emporte sur le respect des conventions épistolaires fixées par les manuels du temps.

nôtre dans ce genre d'écrire. Elles trouvent sous leur plume des tours et des expressions qui souvent en nous ne sont l'effet que d'un long travail et d'une pénible recherche ; elles sont heureuses dans le choix des termes, qu'elles placent si juste, que tout connus qu'ils sont, ils ont le charme de la nouveauté, semblent être faits seulement pour l'usage où elles les mettent ; il n'appartient qu'à elles de faire lire dans un seul mot tout un sentiment, et de rendre délicatement une pensée qui est délicate ; elles ont un enchaînement de discours inimitable, qui se suit naturellement, et qui n'est lié que par le sens. Si les femmes étaient toujours correctes [1], j'oserais dire que les lettres de quelques-unes d'entre elles seraient peut-être ce que nous avons dans notre langue de mieux écrit.

38. – Il n'a manqué à TÉRENCE [2] que d'être moins froid : quelle pureté, quelle exactitude, quelle politesse [3], quelle élégance, quels caractères ! Il n'a manqué à MOLIÈRE que d'éviter le jargon et le barbarisme [4], et d'écrire purement : quel feu, quelle naïveté, quelle source de la bonne plaisanterie, quelle imitation des mœurs, quelles images, et quel fléau du ridicule ! Mais quel homme on aurait pu faire de ces deux comiques !

42. – RONSARD et les auteurs ses contemporains ont plus nui au style qu'ils ne lui ont servi : ils l'ont retardé dans le chemin de la perfection ; ils l'ont exposé à la manquer pour toujours et à n'y plus revenir. Il est étonnant que les ouvrages de Marot, si naturels et si faciles [5], n'aient su faire de Ronsard, d'ailleurs plein de

---

1. On note la restriction finale portant sur la correction grammaticale.

2. ***Térence*** : auteur latin (v. 190-159 av. J.-C.) de comédies qui se distinguent par une psychologie subtile et des intentions moralisatrices.

3. ***Politesse*** : délicatesse.

4. ***Le barbarisme*** : addition assassine de la neuvième édition.

5. ***Faciles*** : qui semblent avoir été écrits sans peine. L'idéal littéraire des classiques est proche de celui de Marot (1496-1544) : un style « naturel ». L'essentiel est que l'effort ne soit plus perceptible. Le style de Ronsard .../...

verve et d'enthousiasme, un plus grand poète que Ronsard et que Marot ; et, au contraire, que Belleau, Jodelle, et du Bartas [1], aient été sitôt suivis d'un RACAN et d'un MALHERBE [2], et que notre langue, à peine corrompue, se soit vue réparée.

43. – MAROT et RABELAIS sont inexcusables d'avoir semé l'ordure dans leurs écrits [3] : tous deux avaient assez de génie et de naturel pour pouvoir s'en passer, même à l'égard de ceux qui cherchent moins à admirer qu'à rire dans un auteur. Rabelais surtout est incompréhensible : son livre est une énigme, quoi qu'on veuille dire, inexplicable ; c'est une chimère [4], c'est le visage d'une belle femme avec des pieds et une queue de serpent, ou de quelque autre bête plus difforme ; c'est un monstrueux assemblage d'une morale fine et ingénieuse, et d'une sale corruption. Où il est mauvais, il passe bien loin au-delà du pire, c'est le charme de la canaille ; où il est bon, il va jusques à l'exquis et à l'excellent, il peut être le mets des plus délicats.

46. – Le H** G** [5] est immédiatement au-dessous de rien. Il y a bien d'autres ouvrages qui lui ressemblent. Il y a autant d'invention à s'enrichir par un sot livre qu'il y a de sottise à l'acheter : c'est

.../... (1524-1585) et des poètes de la Pléiade, caractérisé par des recherches linguistiques, des innovations lexicales, est rejeté.

1. Belleau (1528-1557), Jodelle (1532-1573) et du Bartas (1544-1590) sont des amis et/ou des admirateurs de Ronsard. Tous ces poètes ont donc en commun le culte des lettres antiques et le goût d'une écriture sophistiquée fondée sur les innovations linguistiques.

2. Au contraire, Malherbe (1555-1628) et, après lui, Racan (1589-1670) prônent une imitation des Anciens qui repose sur la modération, l'équilibre, le choix du terme propre.

3. ***D'avoir semé l'ordure dans leurs écrits*** : d'avoir usé d'un vocabulaire grossier dans leurs ouvrages.

4. ***Chimère*** : assemblage monstrueux.

5. Le « Hermès Galant » désigne *Le Mercure galant* (Hermès étant la divinité grecque à laquelle Mercure, dieu romain protecteur des commerçants et des voyageurs, a été assimilé), mensuel mondain auquel collaboraient .../...

ignorer le goût du peuple que de ne pas hasarder quelquefois de grandes fadaises.

55. – Le peuple appelle éloquence la facilité que quelques-uns ont de parler seuls et longtemps, jointe à l'emportement du geste, à l'éclat de la voix, et à la force des poumons. Les pédants ne l'admettent [1] aussi que dans le discours oratoire [2], et ne la distinguent pas de [3] l'entassement des figures, de l'usage des grands mots, et de la rondeur des périodes [4].

Il semble que la logique est l'art de convaincre de quelque vérité ; et l'éloquence un don de l'âme, lequel nous rend maîtres du cœur et de l'esprit des autres ; qui fait que nous leur inspirons ou que nous leur persuadons tout ce qui nous plaît [5].

L'éloquence peut se trouver dans les entretiens et dans tout genre d'écrire. Elle est rarement où on la cherche, et elle est quelquefois où on ne la cherche point. [...]

56. – Tout écrivain, pour écrire nettement, doit se mettre à la place de ses lecteurs, examiner son propre ouvrage comme quelque chose qui lui est nouveau, qu'il lit pour la première fois, où il n'a nulle part [6], et que l'auteur aurait soumis à sa critique ; et

---

.../... Thomas Corneille (1625-1709), le frère de Pierre Corneille, et Fontenelle, tous deux adversaires résolus de La Bruyère.

1. ***Ne l'admettent*** : ne la reconnaissent.

2. ***Discours oratoire*** : ici, discours prononcé en public.

3. ***Ne la distinguent pas de*** : l'assimilent à.

4. ***Périodes*** : en rhétorique, le mot a été repris du grec *periodos*, « phrase complexe d'une certaine ampleur formant une unité rythmique » (Aristote, *Rhétorique*). Les périodes se composent d'une protase (première partie et élément ascendant de la phrase), suivie éventuellement d'une antapodose, puis d'une apodose (deuxième partie et élément descendant de la phrase), parfois suivie d'une clausule (clôture de la phrase).

5. De même, Pascal, dans son traité *De l'esprit géométrique*, distingue l'art de démontrer et celui d'agréer.

6. ***Où il n'a nulle part*** : auquel il n'a pas participé, qu'il n'a pas écrit.

se persuader ensuite qu'on n'est pas entendu [1] seulement à cause que l'on s'entend soi-même, mais parce qu'on est en effet intelligible.

59. – La gloire ou le mérite de certains hommes est de bien écrire ; et de quelques autres, c'est de n'écrire point [2].

60. – L'on écrit régulièrement depuis vingt années ; l'on est esclave de la construction ; l'on a enrichi la langue de nouveaux mots, secoué le joug du latinisme, et réduit le style à la phrase purement française ; l'on a presque retrouvé le nombre [3] que MALHERBE et BALZAC avaient les premiers rencontré, et que tant d'auteurs depuis eux ont laissé perdre ; l'on a mis enfin dans le discours tout l'ordre et toute la netteté dont il est capable : cela conduit insensiblement à y mettre de l'esprit [4].

67. – Celui qui n'a égard en écrivant qu'au goût de son siècle songe plus à sa personne qu'à ses écrits : il faut toujours tendre à la perfection, et alors cette justice qui nous est quelquefois refusée par nos contemporains, la postérité sait nous la rendre.

68. – Il ne faut point mettre un ridicule où il n'y en a point : c'est se gâter le goût, c'est corrompre son jugement et celui des autres ; mais le ridicule qui est quelque part, il faut l'y voir, l'en tirer avec grâce, et d'une manière qui plaise et qui instruise.

69. – HORACE ou DESPRÉAUX [5] l'a dit avant vous. – Je le crois sur votre parole ; mais je l'ai dit comme mien. Ne puis-je pas penser après eux une chose vraie, et que d'autres encore penseront après moi ?

---

1. ***Entendu*** : compris.
2. Voir Molière, *Le Misanthrope* (acte I, scène II, v. 365-373).
3. ***Le nombre*** : l'harmonie et le rythme.
4. ***De l'esprit*** : de l'intelligence et de la finesse.
5. Despréaux désigne Nicolas Boileau-Despréaux, dit Boileau (1636-1711), auteur, comme Horace (v. 65-v. 8 av. J.-C.), d'un *Art poétique*.

II. Du mérite personnel

3. – Tout persuadé que je suis que ceux que l'on choisit pour de différents emplois, chacun selon son génie et sa profession, font bien, je me hasarde de dire qu'il se peut faire qu'il y ait au monde plusieurs personnes, connues ou inconnues, que l'on n'emploie pas, qui feraient très bien ; et je suis induit à ce sentiment par le merveilleux succès de certaines gens que le hasard seul a placés, et de qui jusques alors on n'avait pas attendu de fort grandes choses.

Combien d'hommes admirables, et qui avaient de très beaux génies, sont morts sans qu'on en ait parlé ! Combien vivent encore dont on ne parle point, et dont on ne parlera jamais !

12. – Il faut en France beaucoup de fermeté et une grande étendue d'esprit pour se passer des charges et des emplois, et consentir ainsi à demeurer chez soi, et à ne rien faire. Personne presque n'a assez de mérite pour jouer ce rôle avec dignité, ni assez de fonds [1] pour remplir le vide du temps [2], sans ce que le

---

1. ***De fonds*** : de ressources intérieures (morales, intellectuelles).

2. La Bruyère reprend ici le « précepte » pascalien selon lequel « tout le malheur des hommes vient d'une seule chose qui est de ne savoir pas demeurer en repos dans une chambre » (Pascal, *Pensées*).

vulgaire appelle des affaires. Il ne manque cependant à l'oisiveté du sage qu'un meilleur nom, et que méditer, parler, lire, et être tranquille s'appelât travailler.

27. – L'or éclate, dites-vous, sur les habits de *Philémon*. – Il éclate de même chez les marchands. – Il est habillé des plus belles étoffes. – Le sont-elles moins toutes déployées dans les boutiques et à la pièce ? – Mais la broderie et les ornements y ajoutent encore la magnificence. – Je loue donc le travail de l'ouvrier. – Si on lui demande quelle heure il est, il tire une montre qui est un chef-d'œuvre ; la garde de son épée est un onyx[1] ; il a au doigt un gros diamant qu'il fait briller aux yeux, et qui est parfait ; il ne lui manque aucune de ces curieuses bagatelles que l'on porte sur soi autant pour la vanité que pour l'usage[2], et il ne se plaint non plus toute sorte de parure qu'un jeune homme qui a épousé une riche vieille[3]. – Vous m'inspirez enfin de la curiosité ; il faut voir du moins des choses si précieuses : envoyez-moi cet habit et ces bijoux de Philémon ; je vous quitte de la personne[4].

Tu te trompes, Philémon, si avec ce carrosse brillant, ce grand nombre de coquins[5] qui te suivent, et ces six bêtes qui te traînent, tu penses que l'on t'en estime davantage : l'on écarte tout cet attirail qui t'est étranger, pour pénétrer jusques à toi, qui n'es qu'un fat[6].

Ce n'est pas qu'il faut quelquefois pardonner à celui qui, avec un grand cortège, un habit riche et un magnifique équipage, s'en

---

1. ***Onyx*** : agate (note de La Bruyère).
2. ***Pour l'usage*** : pour s'en servir.
3. ***Et il ne se plaint non plus [...] une riche vieille*** : et il ne lui manque aucun des ornements qu'un jeune homme peut porter quand il a épousé une riche vieille.
4. ***Je vous quitte de la personne*** : je vous dispense de me présenter la personne.
5. ***Coquins*** : connoté péjorativement, le mot s'emploie pour des individus vils, capables d'actions blâmables ; ici, il désigne les valets paresseux de Philémon, qui ne servent à rien d'autre qu'à la parade.
6. ***Fat*** : sot prétentieux. Voir également le portrait de Giton (VI, 83, p. 83).

croit plus de naissance et plus d'esprit : il lit cela dans la contenance et dans les yeux de ceux qui lui parlent.

32. – *Æmile*[1] était né ce que les plus grands hommes ne deviennent qu'à force de règles, de méditation et d'exercice. Il n'a eu dans ses premières années qu'à remplir[2] des talents qui étaient naturels, et qu'à se livrer à son génie. Il a fait, il a agi, avant que de savoir, ou plutôt il a su ce qu'il n'avait jamais appris. Dirai-je que les jeux de son enfance ont été plusieurs victoires ? Une vie accompagnée d'un extrême bonheur joint à une longue expérience serait illustre par les seules actions qu'il avait achevées[3] dès sa jeunesse. Toutes les occasions de vaincre qui se sont depuis offertes, il les a embrassées ; et celles qui n'étaient pas, sa vertu et son étoile les ont fait naître : admirable même et par les choses qu'il a faites, et par celles qu'il aurait pu faire. On l'a regardé comme un homme incapable de céder à l'ennemi, de plier sous le nombre ou sous les obstacles ; comme une âme du premier ordre, pleine de ressources et de lumières, et qui voyait encore où personne ne voyait plus ; comme celui qui, à la tête des légions, était pour elles un présage de la victoire, et qui valait seul plusieurs légions ; qui était grand dans la prospérité, plus grand quand la fortune lui a été contraire (la levée d'un siège[4], une retraite, l'ont plus ennobli que ses triomphes ; l'on ne

---

1. Les clefs contemporaines désignent ici Louis II de Bourbon, prince de Condé, dit le Grand Condé (1621-1686) qui, tel Æmile, connut de brillants débuts. À vingt-deux ans (1643), il fut chargé du commandement du Nord contre les Espagnols et s'illustra par la victoire de Rocroi ; en 1644, il remporta la bataille de Fribourg, en 1645, avec Turenne, celle de Nördlingen… Compromis par le rôle qu'il joua lors de la Fronde où il prit la tête de la révolte des princes, passé au service de l'Espagne en 1652, il se soumit à l'autorité de Louis XIV et rentra en grâce en 1659.

2. ***Remplir*** : réaliser pleinement.

3. ***Achevées*** : réalisées.

4. Allusion au siège de Lerida (Espagne), en 1647, que Condé fut contraint de lever.

met qu'après les batailles gagnées et les villes prises) ; qui était rempli de gloire et de modestie ; on lui a entendu dire : *Je fuyais*, avec la même grâce qu'il disait : *Nous les battîmes* ; un homme dévoué à l'État, à sa famille, au chef de sa famille ; sincère pour Dieu et pour les hommes, autant admirateur du mérite que s'il lui eût été moins propre et moins familier ; un homme vrai, simple, magnanime [1], à qui il n'a manqué que les moindres vertus [2].

33. – Les enfants des Dieux [3], pour ainsi dire, se tirent [4] des règles de la nature, et en sont comme l'exception. Ils n'attendent presque rien du temps et des années. Le mérite chez eux devance l'âge. Ils naissent instruits, et ils sont plus tôt des hommes parfaits que le commun des hommes ne sort de l'enfance [5].

34. – Les vues courtes, je veux dire les esprits bornés et resserrés dans leur petite sphère, ne peuvent comprendre cette universalité de talents que l'on remarque quelquefois dans un même sujet : où ils voient l'agréable, ils en excluent le solide ; où ils croient découvrir les grâces du corps, l'agilité, la souplesse, la dextérité, ils ne veulent plus y admettre les dons de l'âme, la profondeur, la réflexion, la sagesse : ils ôtent de l'histoire de SOCRATE qu'il ait dansé.

37. – Il n'y a rien de si délié, de si simple et de si imperceptible, où il n'entre des manières qui nous décèlent. Un sot ni n'entre, ni

---

1. ***Magnanime*** : qui a de la grandeur et de la force d'âme.
2. ***Les moindres vertus*** : les vertus les moins importantes (on notera la restriction finale).
3. ***Les enfants des Dieux*** : fils, petits-fils, issus de rois (note de La Bruyère).
4. ***Se tirent*** : s'écartent.
5. ***Ils sont plus tôt des hommes parfaits* [...] *ne sort de l'enfance*** : ils deviennent des hommes parfaits avant même que le commun des hommes quitte l'enfance. C'est un lieu commun que cet éloge extrême des princes. Ici, le ton est peut-être ironique, si l'on considère que le petit-fils du Grand Condé, dont La Bruyère était précepteur, ne brillait pas par son savoir.

ne sort, ni ne s'assied, ni ne se lève, ni ne se tait, ni n'est sur ses jambes, comme un homme d'esprit.

39. – *Celse* est d'un rang médiocre[1], mais des grands le souffrent[2] ; il n'est pas savant, il a relation avec des savants ; il a peu de mérite, mais il connaît des gens qui en ont beaucoup ; il n'est pas habile, mais il a une langue qui peut servir de truchement[3], et des pieds qui peuvent le porter d'un lieu à un autre. C'est un homme né pour les allées et venues, pour écouter des propositions et les rapporter, pour en faire d'office[4], pour aller plus loin que sa commission[5] et en être désavoué, pour réconcilier des gens qui se querellent à leur première entrevue ; pour réussir dans une affaire et en manquer mille, pour se donner toute la gloire de la réussite, et pour détourner sur les autres la haine d'un mauvais succès[6]. Il sait les bruits communs, les historiettes de la ville ; il ne fait rien, il dit ou il écoute ce que les autres font, il est nouvelliste[7] ; il sait même le secret des familles : il entre dans de plus hauts mystères : il vous dit pourquoi celui-ci est exilé, et pourquoi on rappelle cet autre ; il connaît le fond et les causes de la brouillerie des deux frères, et de la rupture des deux ministres. N'a-t-il pas prédit aux premiers les tristes suites de leur mésintelligence ? N'a-t-il pas dit de ceux-ci que leur union ne serait pas longue ? N'était-il pas présent à de certaines paroles qui furent dites ? N'entra-t-il pas dans une espèce de négociation ? Le voulut-on croire ? fut-il écouté ? À qui parlez-vous de ces choses ? Qui a eu plus de part que Celse à toutes ces intrigues

---

1. ***Médiocre*** : modeste.
2. ***Souffrent*** : supportent.
3. ***Qui peut servir de truchement*** : qui peut servir de porte-parole, d'interprète.
4. ***D'office*** : sans en avoir été prié.
5. ***Sa commission*** : sa mission, ce qu'on l'a chargé de faire.
6. ***Succès*** : résultat.
7. ***Nouvelliste*** : au XVIIe siècle, le mot désigne un colporteur de nouvelles.

de cour ? Et si cela n'était ainsi, s'il ne l'avait du moins ou rêvé ou imaginé, songerait-il à vous le faire croire ? aurait-il l'air important et mystérieux d'un homme revenu d'une ambassade ?

40. – *Ménippe*[1] est l'oiseau paré de divers plumages qui ne sont pas à lui. Il ne parle pas, il ne sent pas[2] ; il répète des sentiments et des discours, se sert même si naturellement de l'esprit des autres qu'il y est le premier trompé, et qu'il croit souvent dire son goût ou expliquer sa pensée, lorsqu'il n'est que l'écho de quelqu'un qu'il vient de quitter. C'est un homme qui est de mise[3] un quart d'heure de suite, qui le moment d'après baisse, dégénère, perd le peu de lustre qu'un peu de mémoire lui donnait, et montre la corde[4]. Lui seul ignore combien il est au-dessous du sublime et de l'héroïque ; et, incapable de savoir jusqu'où l'on peut avoir de l'esprit, il croit naïvement que ce qu'il en a est tout ce que les hommes en sauraient avoir : aussi a-t-il l'air et le maintien de celui qui n'a rien à désirer sur ce chapitre, et qui ne porte envie à personne. Il se parle souvent à soi-même, et il ne s'en cache pas, ceux qui passent le voient[5], et qu'il semble toujours prendre un parti, ou décider qu'une telle chose est sans réplique. Si vous le saluez quelquefois, c'est le jeter dans l'embarras de savoir s'il doit rendre

1. Les clefs contemporaines reconnaissent dans ce portrait le maréchal de Villeroy, familier de Louis XIV. Fils du gouverneur de ce dernier, il a vécu parmi les grands de la cour. Saint-Simon, dans ses *Mémoires* (1694-1755, éd. posth.), le décrit ainsi : « C'était l'homme du monde le moins aimé, et dont le commerce était le plus insupportable parce qu'on n'y trouvait qu'un tissu de fatuité, de recherche et d'applaudissement de soi [...]. D'ailleurs nulle chose que des contes de cour [...], nulle lecture, nulle instruction, ignorance crasse sur tout, plates plaisanteries, force vent et parfait vide. »
2. ***Il ne sent pas*** : il ne pense pas.
3. ***Qui est de mise*** : dont le comportement est acceptable par la bonne société.
4. ***Montre la corde*** : au sens propre, montre les fils dont la corde est faite ; au sens figuré, révèle sa vraie personnalité.
5. ***Ceux qui passent le voient*** : ceux qui le rencontrent le voient parler tout seul.

le salut ou non ; et pendant qu'il délibère, vous êtes déjà hors de portée. Sa vanité l'a fait honnête homme, l'a mis au-dessus de lui-même, l'a fait devenir ce qu'il n'était pas. L'on juge, en le voyant, qu'il n'est occupé que de sa personne ; qu'il sait que tout lui sied bien, et que sa parure est assortie ; qu'il croit que tous les yeux sont ouverts sur lui, et que les hommes se relayent pour le contempler.

43. – Le sage guérit de l'ambition par l'ambition même ; il tend à de si grandes choses, qu'il ne peut se borner à ce qu'on appelle des trésors, des postes, la fortune et la faveur : il ne voit rien dans de si faibles avantages qui soit assez bon et assez solide pour remplir son cœur, et pour mériter ses soins et ses désirs ; il a même besoin d'efforts pour ne les pas trop dédaigner. Le seul bien capable de le tenter est cette sorte de gloire qui devrait naître de la vertu toute pure et toute simple ; mais les hommes ne l'accordent guère, et il s'en passe.

III. Des femmes

4. – Quelques jeunes personnes ne connaissent point assez[1] les avantages d'une heureuse nature, et combien il leur serait utile de s'y abandonner ; elles affaiblissent ces dons du ciel, si rares et si fragiles, par des manières affectées et par une mauvaise imitation : leur son de voix et leur démarche sont empruntés ; elles se composent[2], elles se recherchent[3], regardent dans un miroir si elles s'éloignent assez de leur naturel. Ce n'est pas sans peine qu'elles plaisent moins.

5. – Chez les femmes, se parer et se farder n'est pas, je l'avoue, parler contre sa pensée[4] ; c'est plus aussi[5] que le travestissement et la mascarade, où l'on ne se donne point pour ce que l'on paraît être, mais où l'on pense seulement à se cacher et à se faire

---

1. ***Ne connaissent point assez*** : ignorent.
2. ***Se composent*** : se donnent une contenance, une apparence.
3. ***Se recherchent*** : prennent des manières recherchées.
4. ***Parler contre sa pensée*** : se rendre coupable d'un mensonge.
5. ***C'est plus aussi*** : cependant c'est moins innocent.

ignorer : c'est chercher à imposer[1] aux yeux, et vouloir paraître selon l'extérieur contre la vérité ; c'est une espèce de menterie[2].

Il faut juger des femmes depuis la chaussure jusqu'à la coiffure exclusivement[3], à peu près comme on mesure le poisson entre queue et tête.

6. – Si les femmes veulent seulement être belles à leurs propres yeux et se plaire à elles-mêmes[4], elles peuvent sans doute, dans la manière de s'embellir, dans le choix des ajustements et de la parure, suivre leur goût et leur caprice ; mais si c'est aux hommes qu'elles désirent de plaire, si c'est pour eux qu'elles se fardent ou qu'elles s'enluminent[5], j'ai recueilli les voix, et je leur prononce, de la part de tous les hommes ou de la plus grande partie, que le blanc[6] et le rouge les rend affreuses et dégoûtantes ; que le rouge seul les vieillit et les déguise ; qu'ils haïssent autant à les voir avec de la céruse[7] sur le visage, qu'avec de fausses dents en la bouche, et des boules de cire dans les mâchoires[8] ; qu'ils protestent sérieusement contre tout l'artifice dont elles usent pour se rendre laides ; et que, bien loin d'en répondre[9] devant Dieu, il semble au contraire qu'il leur ait réservé ce dernier et infaillible moyen de guérir des femmes[10].

Si les femmes étaient telles naturellement qu'elles le deviennent par un artifice, qu'elles perdissent en un moment toute la fraîcheur

---

1. ***Imposer*** : faire illusion.
2. ***Menterie*** : imposture.
3. ***Depuis la chaussure jusqu'à la coiffure exclusivement*** : en excluant les talons et la coiffure (la mode féminine était alors aux talons hauts et aux coiffures élevées).
4. ***À elles-mêmes*** : entre elles.
5. ***S'enluminent*** : se mettent du rouge.
6. ***Blanc*** : poudre qui servait à accentuer la blancheur du teint.
7. ***Céruse*** : poudre blanche.
8. On usait alors de petites boules de cire pour cacher l'affaissement et le creusement des joues lié à la chute des dents.
9. ***D'en répondre*** : d'en être responsables.
10. ***Des femmes*** : de la tentation des femmes.

de leur teint, qu'elles eussent le visage aussi allumé et aussi plombé qu'elles se le font par le rouge et par la peinture dont elles se fardent, elles seraient inconsolables.

7. – Une femme coquette ne se rend point sur la passion de plaire[1], et sur l'opinion qu'elle a de sa beauté : elle regarde le temps et les années comme quelque chose seulement qui ride et qui enlaidit les autres femmes ; elle oublie du moins que l'âge est écrit sur le visage. La même parure qui a autrefois embelli sa jeunesse, défigure enfin sa personne, éclaire les défauts de sa vieillesse. La mignardise[2] et l'affectation l'accompagnent dans la douleur et dans la fièvre : elle meurt parée et en rubans de couleur[3].

8. – *Lise* entend dire d'une autre coquette qu'elle se moque de se piquer de jeunesse[4], et de vouloir user d'ajustements qui ne conviennent plus à une femme de quarante ans. Lise les a accomplis[5] ; mais les années pour elle ont moins de douze mois, et ne la vieillissent point : elle le croit ainsi, et pendant qu'elle se regarde au miroir, qu'elle met du rouge sur son visage et qu'elle place des mouches[6], elle convient qu'il n'est pas permis à un certain âge de faire la jeune, et que *Clarice* en effet, avec ses mouches et son rouge, est ridicule.

9. – Les femmes se préparent pour leurs amants, si elles les attendent ; mais si elles en sont surprises, elles oublient à leur

1. ***Ne se rend point sur la passion de plaire*** : n'abandonne jamais la passion qu'elle a de plaire.
2. ***La mignardise*** : les ornements.
3. Cette remarque rappelle une maxime de La Rochefoucauld : « le plus dangereux ridicule des vieilles personnes qui ont été aimables, c'est d'oublier qu'elles ne le sont plus » (*Maximes*, 408).
4. ***Se moque de se piquer de jeunesse*** : se garde de vouloir paraître jeune.
5. ***Lise les a accomplis*** : Lise a les quarante ans accomplis, révolus.
6. ***Mouches*** : petits morceaux de taffetas noir, de la taille de grains de beauté, que les femmes appliquaient sur leur visage, de manière à mettre en valeur la blancheur de leur teint.

arrivée l'état où elles se trouvent ; elles ne se voient plus. Elles ont plus de loisir avec les indifférents ; elles sentent le désordre où elles sont, s'ajustent en leur présence, ou disparaissent un moment, et reviennent parées.

21. – Il y a peu de galanteries secrètes [1]. Bien des femmes ne sont pas mieux désignées par le nom de leurs maris que par celui de leurs amants.

26. – Quelques femmes ont dans le cours de leur vie un double engagement à soutenir, également difficile à rompre et à dissimuler ; il ne manque à l'un que le contrat, et à l'autre que le cœur.

27. – À juger de cette femme par sa beauté, sa jeunesse, sa fierté et ses dédains, il n'y a personne qui doute que ce ne soit un héros qui doive un jour la charmer. Son choix est fait : c'est un petit monstre qui manque d'esprit.

31. – À un homme vain, indiscret, qui est grand parleur et mauvais plaisant [2], qui parle de soi avec confiance et des autres avec mépris, impétueux, altier [3], entreprenant, sans mœurs ni probité [4], de nul jugement et d'une imagination très libre, il ne lui manque plus, pour être adoré de bien des femmes, que de beaux traits et la taille belle.

34. – Pour les femmes du monde, un jardinier est un jardinier, et un maçon est un maçon ; pour quelques autres plus retirées [5], un maçon est un homme, un jardinier est un homme. Tout est tentation à qui la craint.

---

1. ***Galanteries secrètes*** : infidélités conjugales qui restent secrètes.
2. ***Mauvais plaisant*** : qui dit des plaisanteries de mauvais goût.
3. ***Altier*** : hautain.
4. ***Probité*** : honnêteté.
5. ***Plus retirées*** : plus éloignées de la société mondaine.

35. – Quelques femmes donnent aux couvents et à leurs amants : galantes[1] et bienfaitrices, elles ont jusque dans l'enceinte de l'autel des tribunes et des oratoires[2] où elles lisent des billets tendres, et où personne ne voit qu'elles ne prient point Dieu.

36. – Qu'est-ce qu'une femme que l'on dirige ? Est-ce une femme plus complaisante pour son mari, plus douce pour ses domestiques, plus appliquée à sa famille et à ses affaires, plus ardente et plus sincère pour ses amis ; qui soit moins esclave de son humeur, moins attachée à ses intérêts ; qui aime moins les commodités de la vie ; je ne dis pas qui fasse des largesses à ses enfants qui sont déjà riches, mais qui, opulente elle-même et accablée du superflu, leur fournisse le nécessaire, et leur rende au moins la justice qu'elle leur doit ; qui soit plus exempte d'amour de soi-même et d'éloignement pour les autres ; qui soit plus libre de tous attachements humains ? « Non, dites-vous, ce n'est rien de toutes ces choses. » J'insiste, et je vous demande : « Qu'est-ce donc qu'une femme que l'on dirige ? » Je vous entends, c'est une femme qui a un directeur[3].

78. – Il y a peu de femmes si parfaites, qu'elles empêchent un mari de se repentir du moins une fois le jour d'avoir une femme, ou de trouver heureux celui qui n'en a point.

79. – Les douleurs muettes et stupides sont hors d'usage : on pleure, on récite[4], on répète, on est si touchée de la mort de son mari, qu'on n'en oublie pas la moindre circonstance.

80. – Ne pourrait-on point découvrir l'art de se faire aimer de sa femme ?

---

1. *Galantes* : de mœurs légères.

2. *Oratoires* : lieux destinés à la prière, petites chapelles.

3. Au XVIIe siècle, le directeur de conscience n'est pas nécessairement un prêtre confesseur ; ce peut être un laïc qui conseille dans les situations délicates en matière de morale (voir Molière, *Le Tartuffe*).

4. *Récite* : raconte.

IV. Du cœur

1. – Il y a un goût[1] dans la pure amitié où ne peuvent atteindre ceux qui sont nés médiocres[2].

2. – L'amitié peut subsister entre des gens de différents sexes, exempte même de toute grossièreté. Une femme cependant regarde toujours un homme comme un homme ; et réciproquement un homme regarde une femme comme une femme. Cette liaison n'est ni passion ni amitié pure : elle fait une classe à part.

3. – L'amour naît brusquement, sans autre réflexion, par tempérament ou par faiblesse : un trait de beauté nous fixe, nous détermine. L'amitié au contraire se forme peu à peu, avec le temps, par la pratique, par un long commerce. Combien d'esprit, de bonté de cœur, d'attachement, de services et de complaisance dans les amis, pour faire en plusieurs années bien moins que ne fait quelquefois en un moment un beau visage ou une belle main !

---

1. ***Goût*** : plaisir, délectation.
2. ***Ceux qui sont nés médiocres*** : ceux qui sont nés avec peu de capacités, d'esprit.

4. – Le temps, qui fortifie les amitiés, affaiblit l'amour.

5. – Tant que l'amour dure, il subsiste de soi-même, et quelquefois par les choses qui semblent le devoir éteindre, par les caprices, par les rigueurs, par l'éloignement, par la jalousie. L'amitié au contraire a besoin de secours : elle périt faute de soins [1], de confiance et de complaisance [2].

6. – Il est plus ordinaire de voir un amour extrême qu'une parfaite amitié [3].

7. – L'amour et l'amitié s'excluent l'un l'autre.

8. – Celui qui a eu l'expérience d'un grand amour néglige l'amitié ; et celui qui est épuisé sur l'amitié n'a encore rien fait pour l'amour.

9. – L'amour commence par l'amour ; et l'on ne saurait passer de la plus forte amitié qu'à un amour faible.

10. – Rien ne ressemble mieux à une vive amitié, que ces liaisons que l'intérêt de notre amour nous fait cultiver.

11. – L'on n'aime bien qu'une seule fois : c'est la première ; les amours qui suivent sont moins involontaires.

37. – L'on est encore longtemps à se voir par l'habitude, et à se dire de bouche que l'on s'aime, après que les manières disent qu'on ne s'aime plus.

---

1. ***De soins*** : d'attention.

2. ***Complaisance*** : bienveillance, serviabilité.

3. Cette remarque, qui reprend un lieu commun des moralistes, paraphrase La Rochefoucauld : « Quelque rare que soit le véritable amour, il l'est encore moins que la véritable amitié » (*Maximes*, 473).

140 *Les Caractères*

de bonté de cœur, d'attachement, de ſervices & de complaiſance dans les amis, pour faire en pluſieurs années bien moins que ne fait quelquefois en un moment un beau viſage ou une belle main.

¶ Le temps qui fortifie les amitiez, affoiblit l'amour.

¶ Tant que l'amour dure il ſubſiſte de ſoi-même, & quelquefois par les choſes qui ſemblent le devoir étiendre, par les caprices, par les rigueurs, par l'éloignement, par la jalouſie : l'amitié au contraire à beſoin de ſecours ; elle perit faute de ſoins, de confiance & de complaiſance.

¶ Il eſt plus ordinaire de voir un amour extrême qu'une parfaite amitié.

L'amour & l'amitié s'excluënt l'un l'autre.

¶ Celuy qui a eu l'experience d'un grand amour neglige l'amitié ; & celuy qui eſt épuiſé ſur l'amitié n'a encore rien fait pour l'amour.

¶ L'amour commence par l'amour, & l'on ne ſçauroit paſſer de la plus forte amitié qu'à un amour foible.

■ Page extraite de la quatrième édition (1689).
Les remarques sont signalées par des signes typographiques appelés « pieds de mouche ».

38. – Vouloir oublier quelqu'un, c'est y penser. L'amour a cela de commun avec les scrupules, qu'il s'aigrit [1] par les réflexions et les retours [2] que l'on fait pour s'en délivrer. Il faut, s'il se peut, ne point songer sa passion pour l'affaiblir.

39. – L'on veut faire tout le bonheur, ou si cela ne se peut ainsi, tout le malheur de ce [3] qu'on aime.

40. – Regretter ce que l'on aime est un bien, en comparaison de vivre avec ce que l'on hait.

41. – Quelque désintéressement qu'on ait à l'égard de ceux qu'on aime, il faut quelquefois se contraindre pour eux, et avoir la générosité de recevoir.

Celui-là peut prendre, qui goûte un plaisir aussi délicat à recevoir que son ami en sent à lui donner.

58. – Il faut briguer [4] la faveur de ceux à qui l'on veut du bien, plutôt que de ceux de qui l'on espère du bien.

59. – On ne vole point des mêmes ailes pour sa fortune [5] que l'on fait pour des choses frivoles et de fantaisie. Il y a un sentiment de liberté à suivre ses caprices, et tout au contraire de servitude à courir pour son établissement [6] : il est naturel de le souhaiter beaucoup et d'y travailler peu, de se croire digne de le trouver sans l'avoir cherché.

---

1. ***S'aigrit*** : devient plus violent.
2. ***Retours*** : rétrospections.
3. ***Ce*** : celui ou celle.
4. ***Briguer*** : rechercher.
5. ***Pour sa fortune*** : pour s'enrichir.
6. ***Établissement*** : réussite sociale.

60. – Celui qui sait attendre le bien qu'il souhaite, ne prend pas le chemin de se désespérer s'il ne lui arrive pas ; et celui au contraire qui désire une chose avec une grande impatience, y met trop du sien pour en être assez récompensé par le succès.

61. – Il y a de certaines gens qui veulent si ardemment et si déterminément une certaine chose, que de peur de la manquer, ils n'oublient rien de ce qu'il faut faire pour la manquer.

62. – Les choses les plus souhaitées n'arrivent point ; ou si elles arrivent, ce n'est ni dans le temps ni dans les circonstances où elles auraient fait un extrême plaisir.

63. – Il faut rire avant que d'être heureux, de peur de mourir sans avoir ri.

V. De la société et de la conversation

3. – L'on marche sur les mauvais plaisants, et il pleut par tout pays de cette sorte d'insectes. Un bon plaisant est une pièce rare ; à un homme qui est né tel, il est encore fort délicat d'en soutenir longtemps le personnage ; il n'est pas ordinaire que celui qui fait rire se fasse estimer.

4. – Il y a beaucoup d'esprits obscènes, encore plus de médisants ou de satiriques, peu de délicats. Pour badiner avec grâce, et rencontrer heureusement [1] sur les plus petits sujets, il faut trop de manières, trop de politesse, et même trop de fécondité : c'est créer que de railler ainsi, et faire quelque chose de rien.

5. – Si l'on faisait une sérieuse attention à tout ce qui se dit de froid [2], de vain et de puéril dans les entretiens ordinaires, l'on aurait honte de parler ou d'écouter, et l'on se condamnerait peut-être à un silence perpétuel, qui serait une chose pire dans le commerce que les discours inutiles. Il faut donc s'accommoder à

---

1. ***Rencontrer heureusement*** : trouver quelque chose d'heureux, d'à-propos.
2. ***Froid*** : plat.

tous les esprits, permettre comme un mal nécessaire le récit des fausses nouvelles, les vagues réflexions sur le gouvernement présent, ou sur l'intérêt des princes, le débit des beaux sentiments, et qui reviennent toujours les mêmes ; il faut laisser *Aronce*[1] parler proverbe, et *Mélinde* parler de soi, de ses vapeurs[2], de ses migraines et de ses insomnies.

7. – Que dites-vous ? Comment ? Je n'y suis pas ; vous plairait-il de recommencer ? J'y suis encore moins. Je devine enfin : vous voulez, *Acis*, me dire qu'il fait froid ; que ne disiez-vous : « Il fait froid » ? Vous voulez m'apprendre qu'il pleut ou qu'il neige ; dites : « Il pleut, il neige. » Vous me trouvez bon visage[3], et vous désirez de m'en féliciter ; dites : « Je vous trouve bon visage. » – Mais, répondez-vous, cela est bien uni[4] et bien clair ; et d'ailleurs qui ne pourrait pas en dire autant ? – Qu'importe, Acis ? Est-ce un si grand mal d'être entendu[5] quand on parle, et de parler comme tout le monde ? Une chose vous manque, Acis, à vous et à vos semblables les diseurs de *phœbus*[6] ; vous ne vous en défiez[7] point, et je vais vous jeter dans l'étonnement : une chose vous manque, c'est l'esprit[8]. Ce n'est pas tout : il y a en vous une chose de trop, qui est l'opinion d'en avoir plus que les autres ; voilà la source de votre pompeux galimatias[9], de vos phrases embrouillées, et de vos grands mots qui ne signifient rien. Vous abordez cet homme, ou vous entrez dans cette chambre[10] ; je vous tire par votre habit, et

---

1. Les clefs contemporaines ont reconnu Charles Perrault dans le personnage d'Aronce.
2. ***Vapeurs*** : malaises.
3. ***Vous me trouvez bon visage*** : vous pensez que j'ai l'air en bonne santé.
4. ***Uni*** : banal.
5. ***Entendu*** : voir note 1, p. 44.
6. ***Les diseurs de phœbus*** : ceux qui usent d'un langage pompeux, obscur.
7. ***Défiez*** : doutez.
8. ***C'est l'esprit*** : c'est l'intelligence.
9. ***Pompeux galimatias*** : discours prétentieux et incompréhensible.
10. ***Chambre*** : pièce.

vous dis à l'oreille : « Ne songez point à avoir de l'esprit [1], n'en ayez point, c'est votre rôle ; ayez, si vous pouvez, un langage simple, et tel que l'ont ceux en qui vous ne trouvez aucun esprit : peut-être alors croira-t-on que vous en avez. »

9. – *Arrias* a tout lu, a tout vu, il veut le persuader ainsi ; c'est un homme universel, et il se donne pour tel : il aime mieux mentir que de se taire ou de paraître ignorer quelque chose. On parle à la table d'un grand d'une cour du Nord : il prend la parole, et l'ôte à ceux qui allaient dire ce qu'ils en savent ; il s'oriente dans cette région lointaine comme s'il en était originaire ; il discourt des mœurs de cette cour, des femmes du pays, de ses lois et de ses coutumes ; il récite [2] des historiettes qui y sont arrivées ; il les trouve plaisantes, et il en rit le premier jusqu'à éclater. Quelqu'un se hasarde de le contredire, et lui prouve nettement qu'il dit des choses qui ne sont pas vraies. Arrias ne se trouble point, prend feu au contraire contre l'interrupteur : « Je n'avance, lui dit-il, je ne raconte rien que je ne sache d'original [3] : je l'ai appris de *Sethon*, ambassadeur de France dans cette cour, revenu à Paris depuis quelques jours, que je connais familièrement, que j'ai fort interrogé, et qui ne m'a caché aucune circonstance. » Il reprenait le fil de sa narration avec plus de confiance qu'il ne l'avait commencée, lorsque l'un des conviés lui dit : « C'est Sethon à qui vous parlez, lui-même, et qui arrive de son ambassade. »

12. – J'entends *Théodecte* [4] de l'antichambre ; il grossit sa voix à mesure qu'il s'approche ; le voilà entré : il rit, il crie, il éclate [5] ; on bouche ses oreilles, c'est un tonnerre. Il n'est pas moins

1. ***Esprit*** : ici, humour.
2. ***Récite*** : voir note 4, p. 57.
3. ***D'original*** : de pris à la source, de source sûre.
4. Les clefs contemporaines ont reconnu dans ce portrait le comte d'Aubigné, petit-fils d'Agrippa d'Aubigné et frère de Mme de Maintenon.
5. ***Éclate*** : se manifeste de façon retentissante.

redoutable par les choses qu'il dit que par le ton dont il parle. Il ne s'apaise, et il ne revient de ce grand fracas que pour bredouiller des vanités et des sottises. Il a si peu d'égard au temps, aux personnes, aux bienséances, que chacun a son fait[1] sans qu'il ait eu intention de le lui donner ; il n'est pas encore assis qu'il a, à son insu, désobligé toute l'assemblée. A-t-on servi, il se met le premier à table et dans la première place ; les femmes sont à sa droite et à sa gauche. Il mange, il boit, il conte, il plaisante, il interrompt tout à la fois. Il n'a nul discernement des personnes[2], ni du maître, ni des conviés ; il abuse de la folle déférence[3] qu'on a pour lui. Est-ce lui, est-ce *Euthydème* qui donne le repas ? Il rappelle à soi toute l'autorité de la table ; et il y a un moindre inconvénient à la lui laisser entière qu'à la lui disputer. Le vin et les viandes[4] n'ajoutent rien à son caractère. Si l'on joue, il gagne au jeu ; il veut railler celui qui perd, et il l'offense ; les rieurs sont pour lui : il n'y a sorte de fatuités[5] qu'on ne lui passe. Je cède enfin et je disparais, incapable de souffrir plus longtemps Théodecte, et ceux qui le souffrent.

14. – Il faut laisser parler cet inconnu que le hasard a placé auprès de vous dans une voiture publique, à une fête ou à un spectacle ; et il ne vous coûtera bientôt pour le connaître que de l'avoir écouté : vous saurez son nom, sa demeure, son pays, l'état de son bien, son emploi, celui de son père, la famille dont est sa mère, sa parenté, ses alliances, les armes de sa maison ; vous comprendrez qu'il est noble, qu'il a un château, de beaux meubles, des valets, et un carrosse.

---

1. ***Chacun a son fait*** : chacun a son compte.
2. ***Il n'a nul discernement des personnes*** : il ne fait aucune distinction entre les personnes auxquelles il s'adresse.
3. ***De la folle déférence*** : du respect anormal.
4. ***Viandes*** : aliments.
5. ***Fatuités*** : sottises.

15. – Il y a des gens qui parlent un moment avant que d'avoir pensé. Il y en a d'autres qui ont une fade attention à ce qu'ils disent, et avec qui l'on souffre dans la conversation de tout le travail de leur esprit ; ils sont comme pétris de phrases et de petits tours d'expression, concertés dans leur geste et dans tout leur maintien ; ils sont *puristes* [1], et ne hasardent pas le moindre mot, quand il devrait [2] faire le plus bel effet du monde ; rien d'heureux ne leur échappe [3], rien ne coule de source et avec liberté : ils parlent proprement et ennuyeusement.

16. – L'esprit de la conversation consiste bien moins à en montrer beaucoup qu'à en faire trouver aux autres : celui qui sort de votre entretien content de soi et de son esprit, l'est de vous parfaitement. Les hommes n'aiment point à vous admirer, ils veulent plaire ; ils cherchent moins à être instruits, et même réjouis [4], qu'à être goûtés [5] et applaudis ; et le plaisir le plus délicat est de faire celui d'autrui.

17. – Il ne faut pas qu'il y ait trop d'imagination dans nos conversations ni dans nos écrits ; elle ne produit souvent que des idées vaines et puériles, qui ne servent point à perfectionner le goût et à nous rendre meilleurs : nos pensées doivent être prises dans le bon sens et la droite raison, et doivent être un effet de notre jugement.

18. – C'est une grande misère que de n'avoir pas assez d'esprit pour bien parler, ni assez de jugement pour se taire. Voilà le principe de toute impertinence [6].

---

1. ***Puristes*** : gens qui affectent une grande pureté de langage (note de La Bruyère).
2. ***Quand il devrait*** : même s'il devait.
3. ***Ne leur échappe*** : ne sort de leur bouche.
4. ***Réjouis*** : amusés.
5. ***Goûtés*** : appréciés.
6. ***Impertinence*** : parole déplacée.

19. – Dire d'une chose modestement ou qu'elle est bonne ou qu'elle est mauvaise, et les raisons pourquoi elle est telle, demande du bon sens et de l'expression [1] : c'est une affaire. Il est plus court de prononcer d'un ton décisif, et qui emporte [2] la preuve de ce qu'on avance, ou qu'elle est exécrable, ou qu'elle est miraculeuse.

48. – Il est souvent plus court et plus utile de cadrer aux autres [3] que de faire que les autres s'ajustent à nous.

65. – L'on a vu, il n'y a pas longtemps, un cercle de personnes des deux sexes, liées ensemble par la conversation et par un commerce d'esprit. Ils laissaient au vulgaire l'art de parler d'une manière intelligible ; une chose dite entre eux peu clairement en entraînait une autre encore plus obscure, sur laquelle on enchérissait par de vraies énigmes, toujours suivies de longs applaudissements : par tout ce qu'ils appelaient délicatesse, sentiments, tour et finesse d'expression, ils étaient enfin parvenus à n'être plus entendus et à ne s'entendre pas eux-mêmes. Il ne fallait, pour fournir à ces entretiens, ni bon sens, ni jugement, ni mémoire, ni la moindre capacité : il fallait de l'esprit, non pas du meilleur, mais de celui qui est faux, et où l'imagination a trop de part.

66. – Je le sais, *Théobalde* [4], vous êtes vieilli ; mais voudriez-vous que je crusse que vous êtes baissé [5], que vous n'êtes plus poète ni bel esprit, que vous êtes présentement aussi mauvais

1. ***Expression*** : aptitude à s'exprimer.
2. ***Emporte*** : porte en lui (ironique).
3. ***Cadrer aux autres*** : s'accorder aux autres.
4. Les clefs contemporaines ont reconnu ici Isaac de Benserade (v. 1613-1691), mièvre poète précieux qui écrivit des livrets de ballets pour la cour de Louis XIII puis pour celle de Louis XIV.
5. ***Que vous êtes baissé*** : que vous avez décliné, que vous avez perdu de vos moyens intellectuels.

juge de tout genre d'ouvrage que méchant auteur, que vous n'avez plus rien de naïf et de délicat dans la conversation ? Votre air libre et présomptueux [1] me rassure, et me persuade tout le contraire. Vous êtes donc aujourd'hui tout ce que vous fûtes jamais, et peut-être meilleur ; car si à votre âge vous êtes si vif et si impétueux, quel nom, Théobalde, fallait-il vous donner dans votre jeunesse, et lorsque vous étiez la *coqueluche* [2] ou l'entêtement de certaines femmes qui ne juraient que par vous et sur votre parole, qui disaient : *Cela est délicieux ; qu'a-t-il dit ?*

75. – Ascagne est statuaire, Hégion fondeur, Æschine foulon [3], et *Cydias* [4] bel esprit [5], c'est sa profession. Il a une enseigne, un atelier, des ouvrages de commande, et des compagnons [6] qui travaillent sous lui : il ne vous saurait rendre de plus d'un mois [7] les stances [8] qu'il vous a promises, s'il ne manque de parole à *Dosithée*, qui l'a engagé à faire une élégie [9] ; une idylle [10] est sur le

1. ***Présomptueux*** : arrogant, vaniteux.
2. ***La coqueluche*** : le favori, le préféré.
3. Le statuaire est un sculpteur qui fait des statues ; le fondeur est l'ouvrier qui fabrique en fondant ; le fouleur est celui qui effectue l'opération du foulage, c'est-à-dire qui foule une matière pour lui donner de l'apprêt, de l'épaisseur, du moelleux.
4. Les clefs contemporaines ont vu dans ce portrait une attaque contre Charles Perrault, mais il peut s'agir également d'une caricature de Fontenelle. La Bruyère n'a jamais reconnu le rôle important de ce dernier dans la vulgarisation et la divulgation des idées nouvelles.
5. ***Bel esprit*** : ici, spécialiste des ouvrages intellectuels.
6. ***Compagnons*** : ouvriers.
7. ***Rendre de plus d'un mois*** : remettre, livrer avant un délai d'au moins un mois.
8. ***Stances*** : poèmes lyriques, religieux ou élégiaques, dont les vers sont séparés selon des unités de sens et dont les strophes présentent toutes la même structure.
9. ***Qui l'a engagé à faire une élégie*** : qui l'a payé pour faire une élégie, c'est-à-dire un poème exprimant une plainte douloureuse, des sentiments mélancoliques.
10. ***Idylle*** : petit poème, ou pièce, à sujet pastoral et généralement amoureux.

métier, c'est pour *Crantor*, qui le presse, et qui lui laisse espérer un riche salaire. Prose, vers, que voulez-vous ? Il réussit également en l'un et en l'autre. Demandez-lui des lettres de consolation, ou sur une absence, il les entreprendra ; prenez-les toutes faites et entrez dans son magasin, il y a à choisir. Il a un ami qui n'a point d'autre fonction sur la terre que de le promettre longtemps à un certain monde, et de le présenter enfin dans les maisons comme homme rare et d'une exquise conversation ; et là, ainsi que le musicien chante et que le joueur de luth touche son luth [1] devant les personnes à qui il a été promis, Cydias, après avoir toussé, relevé sa manchette, étendu la main et ouvert les doigts, débite gravement ses pensées quintessenciées [2] et ses raisonnements sophistiqués. Différent de ceux qui convenant de principes, et connaissant la raison ou la vérité qui est une, s'arrachent la parole l'un à l'autre pour s'accorder sur leurs sentiments [3], il n'ouvre la bouche que pour contredire : « *Il me semble*, dit-il gracieusement, *que c'est tout le contraire de ce que vous dites* » ; ou : « *Je ne saurais être de votre opinion* » ; ou bien : « *Ç'a été autrefois mon entêtement, comme il est le vôtre, mais... Il y a trois choses*, ajoute-t-il, *à considérer...* », et il en ajoute une quatrième : fade discoureur, qui n'a pas mis plus tôt le pied dans une assemblée, qu'il cherche quelques femmes auprès de qui il puisse s'insinuer [4], se parer de son bel esprit ou de sa philosophie, et mettre en œuvre ses rares conceptions ; car soit qu'il parle ou qu'il écrive, il ne doit pas être soupçonné d'avoir en vue ni le vrai ni le faux, ni le raisonnable ni le ridicule : il évite uniquement de donner dans le sens des autres, et d'être de l'avis de quelqu'un ; aussi attend-il dans un cercle que chacun se soit expliqué sur le sujet qui s'est offert, ou souvent qu'il a amené lui-même, pour dire

---

1. ***Touche son luth*** : joue de son luth.
2. ***Quintessenciées*** : raffinées, subtiles à l'excès.
3. ***Sentiments*** : opinions.
4. ***Auprès de qui il puisse s'insinuer*** : dont il puisse solliciter les bonnes grâces.

dogmatiquement des choses toutes nouvelles [1], mais à son gré décisives et sans réplique. Cydias s'égale à Lucien [2] et à Sénèque [3], se met au-dessus de Platon, de Virgile et de Théocrite [4]; et son flatteur a soin de le confirmer tous les matins dans cette opinion. Uni de goût et d'intérêt avec les contempteurs [5] d'Homère, il attend paisiblement que les hommes détrompés lui préfèrent les poètes modernes : il se met en ce cas à la tête de ces derniers, et il sait à qui il adjuge la seconde place. C'est en un mot un composé du pédant et du précieux, fait pour être admiré de la bourgeoisie et de la province, en qui néanmoins on n'aperçoit rien de grand que l'opinion qu'il a de lui-même.

82. – *Nicandre* s'entretient avec *Élise* de la manière douce et complaisante dont il a vécu avec sa femme, depuis le jour qu'il en fit le choix jusques à sa mort ; il a déjà dit qu'il regrette qu'elle ne lui ait pas laissé des enfants, et il le répète ; il parle des maisons qu'il a à la ville, et bientôt d'une terre qu'il a à la campagne : il calcule le revenu qu'elle lui rapporte, il fait le plan des bâtiments, en décrit la situation, exagère la commodité des appartements, ainsi que la richesse et la propreté [6] des meubles ; il assure qu'il aime la bonne chère, les équipages ; il se plaint que sa femme n'aimait point assez le jeu et la société. « Vous êtes si riche, lui disait l'un de ses amis, que n'achetez-vous cette charge ? pourquoi ne pas faire cette acquisition qui étendrait votre domaine ? On me croit, ajoute-t-il, plus de bien que je n'en possède. » Il n'oublie pas son extraction et ses alliances [7] : *Monsieur le Surintendant, qui est*

---

1. ***Toutes nouvelles*** : inouïes (sens péjoratif).
2. ***Lucien*** : auteur satirique grec (v. 125-v. 192).
3. ***Sénèque*** : homme politique, écrivain et philosophe romain (v. 4-65), auteur de nombreuses tragédies (*Médée*, *Les Troyennes*, *Phèdre*...) et de traités philosophiques.
4. ***Théocrite*** : poète grec (v. 315-310-v. 250 av. J.-C.).
5. ***Contempteurs*** : calomniateurs.
6. ***Propreté*** : beauté.
7. ***Son extraction et ses alliances*** : son origine et ses parentés.

mon cousin ; Madame la Chancelière, qui est ma parente ; voilà son style. Il raconte un fait [1] qui prouve le mécontentement qu'il doit avoir de ses plus proches, et de ceux même qui sont ses héritiers : « Ai-je tort ? dit-il à Élise ; ai-je grand sujet de leur vouloir du bien ? » et il l'en fait juge. Il insinue ensuite qu'il a une santé faible et languissante, et il parle de la cave [2] où il doit être enterré. Il est insinuant, flatteur, officieux [3] à l'égard de tous ceux qu'il trouve auprès de la personne à qui il aspire. Mais Élise n'a pas le courage d'être riche en l'épousant. On annonce, au moment qu'il parle, un cavalier [4], qui de sa seule présence démonte la batterie de l'homme de ville [5] : il se lève déconcerté et chagrin, et va dire ailleurs qu'il veut se remarier.

83. – Le sage quelquefois évite le monde, de peur d'être ennuyé.

1. ***Un fait*** : une anecdote.
2. ***Cave*** : caveau.
3. ***Officieux*** : serviable, obligeant.
4. ***Cavalier*** : gentilhomme, noble portant épée.
5. ***Démonte la batterie de l'homme de ville*** : réduit à néant tous les efforts de l'homme de ville, de Nicandre.

■ *L'Appât du gain fauché par la mort* (gravure du XVIIe siècle).

VI. Des biens de fortune

7. – Si le financier manque son coup, les courtisans disent de lui : « C'est un bourgeois, un homme de rien, un malotru » ; s'il réussit, ils lui demandent sa fille.

10. – Un projet assez vain serait de vouloir tourner un homme fort sot et fort riche en ridicule ; les rieurs sont de son côté.

12. – Je vais, *Clitiphon*, à votre porte ; le besoin que j'ai de vous me chasse de mon lit et de ma chambre : plût aux Dieux que je ne fusse ni votre client[1] ni votre fâcheux[2] ! Vos esclaves me disent que vous êtes enfermé, et que vous ne pouvez m'écouter que d'une heure[3] entière. Je reviens avant le temps qu'ils m'ont marqué[4], et ils me disent que vous êtes sorti. Que faites-vous, Clitiphon, dans cet endroit le plus reculé de votre appartement,

1. ***Client*** : dans la Rome antique, plébéien qui se plaçait sous le patronage d'un patricien et qui lui devait aide et obéissance.
2. ***Fâcheux*** : celui qui est importun, qui dérange.
3. ***Que d'une heure*** : avant une heure.
4. ***Qu'ils m'ont marqué*** : qu'ils m'ont indiqué.

de si laborieux, qui vous empêche de m'entendre ? Vous enfilez[1] quelques mémoires, vous collationnez[2] un registre, vous signez, vous parafez[3]. Je n'avais qu'une chose à vous demander, et vous n'aviez qu'un mot à me répondre, oui, ou non. Voulez-vous être rare ? Rendez service à ceux qui dépendent de vous : vous le serez davantage par cette conduite que par ne vous pas laisser voir. Ô homme important et chargé d'affaires, qui à votre tour avez besoin de mes offices[4], venez dans la solitude de mon cabinet : le philosophe est accessible ; je ne vous remettrai point à un autre jour. Vous me trouverez sur les livres de Platon qui traitent de la spiritualité de l'âme et de sa distinction d'avec le corps, ou la plume à la main pour calculer les distances de Saturne et de Jupiter : j'admire Dieu dans ses ouvrages, et je cherche, par la connaissance de la vérité, à régler mon esprit et devenir meilleur. Entrez, toutes les portes vous sont ouvertes ; mon antichambre n'est pas faite pour s'y ennuyer en m'attendant ; passez jusqu'à moi sans me faire avertir. Vous m'apportez quelque chose de plus précieux que l'argent et l'or, si c'est une occasion de vous obliger. Parlez, que voulez-vous que je fasse pour vous ? Faut-il quitter mes livres, mes études, mon ouvrage, cette ligne qui est commencée ? Quelle interruption heureuse pour moi que celle qui vous est utile ! Le manieur d'argent, l'homme d'affaires est un ours qu'on ne saurait apprivoiser ; on ne le voit dans sa loge qu'avec peine : que dis-je ? on ne le voit point ; car d'abord on ne le voit pas encore, et bientôt on ne le voit plus. L'homme de lettres au contraire est trivial[5] comme une borne au coin des places ; il est vu de tous, et à toute heure, et en tous états, à table, au lit, nu, habillé, sain ou malade : il ne peut être important, et il ne le veut point être.

---

1. ***Enfilez*** : lisez.
2. ***Collationnez*** : examinez, consultez.
3. ***Parafez*** : signez de vos initiales (l'orthographe moderne est « paraphez »).
4. ***Offices*** : services.
5. ***Trivial*** : ici, connu de tous.

13. – N'envions point à une sorte de gens leurs grandes richesses; ils les ont à titre onéreux [1], et qui ne nous accommoderait point: ils ont mis leur repos [2], leur santé, leur honneur et leur conscience pour les avoir; cela est trop cher, et il n'y a rien à gagner à un tel marché.

18. – *Champagne* [3], au sortir d'un long dîner qui lui enfle l'estomac, et dans les douces fumées d'un vin d'Avenay ou de Sillery [4], signe un ordre qu'on lui présente, qui ôterait le pain à toute une province si l'on n'y remédiait. Il est excusable: quel moyen de comprendre, dans la première heure de la digestion, qu'on puisse quelque part mourir de faim?

21. – On ne peut mieux user de sa fortune que fait *Périandre*: elle lui donne du rang, du crédit, de l'autorité; déjà on ne le prie plus d'accorder son amitié, on implore sa protection. Il a commencé par dire de soi-même: *un homme de ma sorte*; il passe à dire [5]: *un homme de ma qualité*; il se donne pour tel, et il n'y a personne de ceux à qui il prête de l'argent, ou qu'il reçoit à sa table, qui est délicate, qui veuille s'y opposer. Sa demeure est superbe: un dorique [6] règne dans tous ses dehors; ce n'est pas une porte, c'est un portique: est-ce la maison d'un particulier? est-ce un temple? le peuple s'y trompe. Il est le seigneur dominant de tout le quartier. C'est lui que l'on envie, et dont on voudrait voir la chute; c'est lui dont la femme, par son collier de perles, s'est fait des ennemies de toutes les dames du voisinage.

---

1. ***À titre onéreux***: par contrat, sous la condition d'acquitter une charge (terme de droit).
2. ***Ils ont mis leur repos***: ils ont sacrifié leur repos.
3. Les clefs contemporaines désignent ici Monnerot, un partisan (voir ci-après, note 2, p. 81), secrétaire du roi de 1654 à 1657.
4. Les vins d'Avenay et de Sillery sont deux crus de Champagne fameux au XVIIe siècle.
5. ***Il passe à dire***: il en vient à dire.
6. ***Un dorique***: un ordre, un style dorique (voir note 2, p. 38).

Tout se soutient[1] dans cet homme ; rien encore ne se dément dans cette grandeur qu'il a acquise, dont il ne doit rien, qu'il a payée. Que son père, si vieux et si caduc, n'est-il mort il y a vingt ans et avant qu'il se fît dans le monde aucune mention de Périandre ! Comment pourra-t-il soutenir ces odieuses pancartes[2] qui déchiffrent les conditions[3] et qui souvent font rougir la veuve et les héritiers ? Les supprimera-t-il aux yeux de toute une ville jalouse, maligne, clairvoyante, et aux dépens de mille gens qui veulent absolument aller tenir leur rang à des obsèques ? Veut-on d'ailleurs qu'il fasse de son père un *Noble homme*, et peut-être un *Honorable homme*, lui qui est *Messire*[4] ?

25. – Si vous entrez dans les cuisines, où l'on voit réduit en art et en méthode le secret de flatter votre goût et de vous faire manger au-delà du nécessaire ; si vous examinez en détail tous les apprêts des viandes[5] qui doivent composer le festin que l'on vous prépare ; si vous regardez par quelles mains elles passent, et toutes les formes différentes qu'elles prennent avant de devenir un mets exquis, et d'arriver à cette propreté[6] et à cette élégance qui charment vos yeux, vous font hésiter sur le choix, et prendre le parti d'essayer de tout ; si vous voyez tout le repas ailleurs que sur une table bien servie, quelles saletés ! quel dégoût ! Si vous allez derrière un théâtre, et si vous nombrez[7] les poids, les roues, les cordages, qui font les vols[8] et les machines[9] ; si vous considérez combien de gens

---

1. ***Tout se soutient*** : tout est cohérent.
2. ***Pancartes*** : billets d'enterrements (note de La Bruyère).
3. ***Déchiffrent les conditions*** : dévoilent, révèlent par leur contenu des renseignements relatifs à la condition sociale du défunt.
4. ***Lui qui est Messire*** : désigne Périandre ; le titre est réservé aux nobles, tandis que les appellations « *Noble homme* » et « *Honorable homme* » sont données aux bourgeois dans les contrats.
5. ***Viandes*** : voir note 4, p. 68.
6. ***Propreté*** : beauté.
7. ***Nombrez*** : comptez.
8. ***Qui font les vols*** : qui permettent de faire « voler » des divinités, des génies…
9. ***Machines*** : moyens mécaniques pour opérer les changements de décors, etc.

entrent dans l'exécution de ces mouvements, quelle force de bras, et quelle extension de nerfs [1] ils y emploient, vous direz : « Sont-ce là les principes et les ressorts de ce spectacle si beau, si naturel, qui paraît animé et agir de soi-même ? » Vous vous récrierez : « Quels efforts ! quelle violence ! » De même n'approfondissez pas la fortune des partisans [2].

47. – Il y a des misères sur la terre qui saisissent le cœur ; il manque à quelques-uns jusqu'aux aliments ; ils redoutent l'hiver, ils appréhendent de vivre. L'on mange ailleurs des fruits précoces ; l'on force la terre et les saisons pour fournir à sa délicatesse ; de simples bourgeois, seulement à cause qu'ils étaient riches, ont eu l'audace d'avaler en un seul morceau la nourriture de cent familles. Tienne qui voudra contre [3] de si grandes extrémités : je ne veux être, si je le puis, ni malheureux ni heureux ; je me jette et me réfugie dans la médiocrité [4].

55. – Quand je vois de certaines gens, qui me prévenaient [5] autrefois par leurs civilités [6], attendre au contraire que je les salue, et en être avec moi sur le plus ou sur le moins [7], je dis en moi-même : « Fort bien, j'en suis ravi, tant mieux pour eux : vous verrez que cet homme-ci est mieux logé, mieux meublé et mieux nourri qu'à l'ordinaire ; qu'il sera entré depuis quelques mois dans quelque affaire, où il aura déjà fait un gain raisonnable [8].

1. ***Extension de nerfs*** : tension de muscles.
2. ***Partisans*** (ou fermiers généraux) : hommes d'affaires qui remettaient à l'État une somme forfaitaire fixe correspondant à divers impôts indirects, et qui se remboursaient ensuite, avec une forte marge, sur les particuliers.
3. ***Tienne qui voudra contre*** : admette qui pourra.
4. ***Médiocrité*** : ici, condition sociale moyenne.
5. ***Prévenaient*** : devançaient.
6. ***Civilités*** : politesses.
7. ***En être avec moi sur le plus ou sur le moins*** : se mettre à faire des manières avec moi.
8. ***Raisonnable*** : conséquent.

Dieu veuille qu'il en vienne dans peu de temps jusqu'à me mépriser ! »

56. – Si les pensées, les livres et leurs auteurs dépendaient des riches et de ceux qui ont fait une belle fortune, quelle proscription[1] ! Il n'y aurait plus de rappel[2]. Quel ton, quel ascendant ne prennent-ils pas sur les savants ! Quelle majesté n'observent-ils pas à l'égard de ces hommes *chétifs*[3], que leur mérite n'a ni placés ni enrichis, et qui en sont encore à penser et à écrire judicieusement ! Il faut l'avouer, le présent est pour les riches, et l'avenir pour les vertueux et les habiles. HOMÈRE est encore et sera toujours : les receveurs de droits[4], les publicains[5] ne sont plus ; ont-ils été ? leur patrie, leurs noms sont-ils connus ? y a-t-il eu dans la Grèce des partisans[6] ? Que sont devenus ces importants personnages qui méprisaient Homère, qui ne songeaient dans[7] la place qu'à l'éviter, qui ne lui rendaient pas le salut, ou qui le saluaient par son nom, qui ne daignaient pas l'associer à leur table, qui le regardaient comme un homme qui n'était pas riche et qui faisait un livre ? Que deviendront les *Fauconnets*[8] ? iront-ils aussi loin dans la postérité que DESCARTES, né Français et *mort en Suède* ?

58. – Il y a des âmes sales, pétries de boue et d'ordure, éprises du gain et de l'intérêt, comme les belles âmes le sont de la gloire et

---

1. ***Proscription*** : condamnation.
2. ***Rappel*** : possibilité d'être gracié (terme de droit).
3. ***Chétifs*** : ici, insignifiants socialement.
4. ***Receveurs de droits*** : personnes chargées du recouvrement des impôts indirects.
5. ***Publicains*** : dans l'Antiquité, collecteurs d'impôts.
6. ***Partisans*** (ou fermiers généraux) : voir note 2, p. 81. Le chapitre VI, dans son ensemble, dénonce l'ascension des partisans (voir notamment les portraits de Champagne et de Périandre, p. 79).
7. ***Dans*** : sur.
8. Jean Fauconnet, célèbre fermier général des domaines de France, qui exerça cette fonction de 1681 à 1687.

de la vertu ; capables d'une seule volupté, qui est celle d'acquérir ou de ne point perdre ; curieuses [1] et avides du denier dix [2] ; uniquement occupées de leurs débiteurs [3] ; toujours inquiètes sur le rabais [4] ou sur le décri [5] des monnaies ; enfoncées et comme abîmées [6] dans les contrats, les titres et les parchemins. De telles gens ne sont ni parents, ni amis, ni citoyens, ni chrétiens, ni peut-être des hommes : ils ont de l'argent.

59. – Commençons par excepter ces âmes nobles et courageuses, s'il en reste encore sur la terre, secourables, ingénieuses à faire du bien, que nuls besoins, nulle disproportion, nuls artifices ne peuvent séparer de ceux qu'ils se sont une fois choisis pour amis ; et après cette précaution, disons hardiment une chose triste et douloureuse à imaginer : il n'y a personne [7] au monde si bien liée avec nous de société et de bienveillance [8], qui nous aime, qui nous goûte, qui nous fait mille offres de services et qui nous sert quelquefois, qui n'ait en soi, par l'attachement à son intérêt, des dispositions très proches à rompre avec nous, et à devenir notre ennemi.

60. – Pendant qu'*Oronte* augmente, avec ses années, son fonds [9] et ses revenus, une fille naît dans quelque famille, s'élève, croît, s'embellit, et entre dans sa seizième année. Il se fait prier à cinquante ans pour l'épouser, jeune, belle, spirituelle : cet homme sans naissance, sans esprit et sans le moindre mérite, est préféré à tous ses rivaux.

---

1. ***Curieuses*** : ici, uniquement préoccupées.
2. ***Denier dix*** : procédé d'usurier consistant à percevoir un denier pour dix prêtés, soit un taux d'intérêt de 10 %, le taux légal étant alors de 5 %.
3. ***Leurs débiteurs*** : ceux qui leur doivent de l'argent.
4. ***Rabais*** : ici, dévaluation.
5. ***Décri*** : perte de valeur.
6. ***Abîmées*** : enfouies (littéralement, précipitées dans un abîme, dans un gouffre).
7. ***Il n'y a personne*** : il n'y a pas une personne.
8. ***Si bien liée avec nous de société et de bienveillance*** : avec laquelle nous nous accordons bien et partageons une estime mutuelle.
9. ***Fonds*** : ici, bien, capital.

83. – *Giton* a le teint frais, le visage plein et les joues pendantes, l'œil fixe et assuré, les épaules larges, l'estomac haut [1], la démarche ferme et délibérée. Il parle avec confiance ; il fait répéter celui qui l'entretient, et il ne goûte que médiocrement tout ce qu'il lui dit. Il déploie un ample mouchoir, et se mouche avec grand bruit ; il crache fort loin [2], et il éternue fort haut. Il dort le jour, il dort la nuit, et profondément ; il ronfle en compagnie. Il occupe à table et à la promenade plus de place qu'un autre. Il tient le milieu en se promenant avec ses égaux ; il s'arrête, et l'on s'arrête ; il continue de marcher, et l'on marche : tous se règlent sur lui. Il interrompt, il redresse [3] ceux qui ont la parole : on ne l'interrompt pas, on l'écoute aussi longtemps qu'il veut parler ; on est de son avis, on croit les nouvelles qu'il débite. S'il s'assied, vous le voyez s'enfoncer dans un fauteuil, croiser les jambes l'une sur l'autre, froncer le sourcil, abaisser son chapeau sur ses yeux pour ne voir personne, ou le relever ensuite, et découvrir son front par fierté et par audace. Il est enjoué, grand rieur [4], impatient, présomptueux, colère, libertin [5], politique [6], mystérieux sur les affaires du temps ; il se croit des talents et de l'esprit. Il est riche.

Phédon a les yeux creux, le teint échauffé [7], le corps sec et le visage maigre ; il dort peu, et d'un sommeil fort léger ; il est abstrait [8], rêveur [9], et il a avec de l'esprit l'air d'un stupide : il oublie de

1. ***L'estomac haut*** : le ventre gonflé (l'embonpoint est très apprécié au XVIIe siècle).
2. Au XVIIe siècle, cracher n'est pas une impolitesse, encore faut-il rester modéré…
3. ***Redresse*** : reprend.
4. ***Rieur*** : railleur.
5. ***Libertin*** : au XVIIe siècle, le mot désigne celui qui ne s'assujettit ni aux croyances ni aux pratiques de la religion et entend se gouverner par l'usage de sa seule raison.
6. ***Politique*** : habile à flatter.
7. ***Échauffé*** : rougeaud.
8. ***Abstrait*** : absorbé.
9. ***Rêveur*** : pensif.

dire ce qu'il sait, ou de parler d'événements qui lui sont connus ; et s'il le fait quelquefois, il s'en tire mal, il croit peser à ceux à qui il parle, il conte brièvement, mais froidement[1] ; il ne se fait pas écouter, il ne fait point rire. Il applaudit, il sourit à ce que les autres lui disent, il est de leur avis ; il court, il vole pour leur rendre de petits services. Il est complaisant[2], flatteur, empressé ; il est mystérieux sur ses affaires, quelquefois menteur ; il est superstitieux, scrupuleux, timide. Il marche doucement et légèrement, il semble craindre de fouler la terre ; il marche les yeux baissés, et il n'ose les lever sur ceux qui passent. Il n'est jamais du nombre de ceux qui forment un cercle pour discourir ; il se met derrière celui qui parle, recueille furtivement ce qui se dit, et il se retire si on le regarde. Il n'occupe point de lieu, il ne tient point de place ; il va les épaules serrées, le chapeau abaissé sur ses yeux pour n'être point vu ; il se replie et se renferme dans son manteau ; il n'y a point de rues ni de galeries[3] si embarrassées[4] et si remplies de monde, où il ne trouve moyen de passer sans effort, et de se couler sans être aperçu. Si on le prie de s'asseoir, il se met à peine sur le bord d'un siège ; il parle bas dans la conversation, et il articule mal ; libre[5] néanmoins sur les affaires publiques, chagrin contre le siècle, médiocrement prévenu des ministres et du ministère[6]. Il n'ouvre la bouche que pour répondre ; il tousse, il se mouche sous son chapeau, il crache presque sur soi, et il attend qu'il soit seul pour éternuer, ou, si cela lui arrive, c'est à l'insu de la compagnie : il n'en coûte à personne ni salut ni compliment[7]. Il est pauvre.

---

1. ***Froidement*** : d'un ton ennuyeux, sans éclat.
2. ***Complaisant*** : aimable, désireux de plaire.
3. ***Galeries*** : promenades couvertes.
4. ***Embarrassées*** : encombrées.
5. ***Libre*** : parlant avec franchise.
6. ***Médiocrement prévenu des ministres et du ministère*** : portant peu d'estime aux ministres et au ministère.
7. ***Il n'en coûte à personne ni salut ni compliment*** : personne ne lui adresse les politesses d'usage après qu'il a éternué.

VII. De la ville

1. – L'on se donne à Paris, sans se parler, comme un rendez-vous public[1], mais fort exact, tous les soirs au Cours[2] ou aux Tuileries[3], pour se regarder au visage et se désapprouver les uns les autres.

L'on ne peut se passer de ce même monde que l'on n'aime point, et dont l'on se moque.

L'on s'attend au passage réciproquement dans une promenade publique[4] ; l'on y passe en revue[5] l'un devant l'autre : carrosse, chevaux, livrées[6], armoiries[7], rien n'échappe aux yeux, tout est

---

1. ***Public*** : général.

2. ***Cours*** : désigne une partie de l'actuelle avenue des Champs-Élysées, qui servait de lieu de promenade en carrosse ou à pied.

3. ***Tuileries*** : aux jardins des Tuileries, château construit à Paris sur la rive droite de la Seine, entre le Louvre et les Champs-Élysées, dont les travaux commencèrent au XVIe siècle et se poursuivirent jusqu'après 1800. Ce château a aujourd'hui disparu.

4. Les clefs contemporaines désignent la promenade de Vincennes.

5. ***On y passe en revue*** : on y défile.

6. ***Livrées*** : vêtements des domestiques faisant reconnaître la « maison » qu'ils servent.

7. ***Armoiries*** : ensemble des emblèmes symboliques qui distinguent une famille noble.

curieusement ou malignement observé ; et selon le plus ou le moins de l'équipage, ou l'on respecte les personnes, ou on les dédaigne.

2. – Tout le monde connaît cette longue levée qui borne et qui resserre le lit de la Seine, du côté où elle entre à Paris avec la Marne, qu'elle vient de recevoir [1] : les hommes s'y baignent au pied pendant les chaleurs de la canicule ; on les voit de fort près se jeter dans l'eau ; on les en voit sortir : c'est un amusement. Quand cette saison n'est pas venue, les femmes de la ville ne s'y promènent pas encore ; et quand elle est passée, elles ne s'y promènent plus.

3. – Dans ces lieux d'un concours général [2], où les femmes se rassemblent pour montrer une belle étoffe, et pour recueillir le fruit de leur toilette, on ne se promène pas avec une compagne par la nécessité de la conversation ; on se joint ensemble pour se rassurer sur le théâtre, s'apprivoiser avec le public, et se raffermir contre la critique : c'est là précisément qu'on se parle sans se rien dire, ou plutôt qu'on parle pour les passants, pour ceux même en faveur de qui l'on hausse sa voix, l'on gesticule et l'on badine, l'on penche négligemment la tête, l'on passe et l'on repasse.

12. – *Narcisse* se lève le matin pour se coucher le soir ; il a ses heures de toilette comme une femme ; il va tous les jours fort régulièrement à la belle messe aux Feuillants ou aux Minimes [3] ; il est homme d'un bon commerce [4], et l'on compte sur lui au quartier de ** pour un tiers ou pour un cinquième [5] à l'hombre [6]

---

1. La « longue levée » désigne ici le quai Saint-Bernard, sur la rive gauche de la Seine.

2. ***Ces lieux d'un concours général*** : ces lieux d'affluence.

3. « Feuillants » désigne le couvent de l'ordre du même nom, affilié aux cisterciens, qui se trouvait rue Saint-Honoré à Paris ; le couvent des « Minimes » se trouvait près de la place Royale.

4. ***D'un bon commerce*** : d'une fréquentation agréable.

5. ***Un tiers, un cinquième*** : un troisième, un cinquième joueur.

6. ***Hombre*** : jeu de cartes.

ou au reversi[1]. Là il tient le fauteuil quatre heures de suite chez *Aricie*, où il risque chaque soir cinq pistoles d'or[2]. Il lit exactement la *Gazette de Hollande* et le *Mercure galant*; il a lu Bergerac, des Marets, Lesclache[3], les Historiettes de Barbin[4], et quelques recueils de poésies. Il se promène avec des femmes à la Plaine[5] ou au Cours[6], et il est d'une ponctualité religieuse sur les visites. Il fera demain ce qu'il fait aujourd'hui et ce qu'il fit hier; et il meurt ainsi après avoir vécu.

20. – Pénible coutume, asservissement incommode! se chercher incessamment les unes les autres avec l'impatience[7] de ne se point rencontrer; ne se rencontrer que pour se dire des riens, que pour s'apprendre réciproquement des choses dont on est également instruite, et dont il importe peu que l'on soit instruite; n'entrer dans une chambre[8] précisément que pour en sortir; ne sortir de chez soi l'après-dînée que pour y rentrer le soir, fort satisfaite d'avoir vu en cinq petites heures trois suisses[9], une femme que l'on connaît à peine, et une autre que l'on n'aime guère! Qui considérerait bien le prix du temps, et combien sa perte est irréparable, pleurerait amèrement sur de si grandes misères.

---

1. ***Reversi*** : jeu de cartes.

2. « Cinq pistoles d'or » représentent alors une grosse somme d'argent.

3. La Bruyère cite les noms de trois contemporains qu'il n'apprécie pas : Cyrano de Bergerac (1619-1655), libertin, auteur d'une *Histoire comique des États et Empires de la Lune*, et des *États et Empires du Soleil*; Jean Desmarets de Saint-Sorlin (1596-1676), un des premiers membres de l'Académie française, partisan des Modernes et ennemi de Boileau; et enfin, Louis de Lesclache (1620-1671), vulgarisateur de philosophie donnant des conférences payantes.

4. ***Claude Barbin*** : éditeur d'ouvrages sentimentaux et pseudo-historiques, sans valeur, qu'on nommait des « bardinades ».

5. ***La Plaine*** : il s'agit de la plaine des Sablons, aujourd'hui près de Neuilly.

6. ***Cours*** : voir note 2, p. 87.

7. ***Impatience*** : agacement.

8. ***Chambre*** : salle de réception.

9. ***Suisses*** : portiers.

VIII. De la cour

1. – Le reproche en un sens le plus honorable que l'on puisse faire à un homme, c'est de lui dire qu'il ne sait pas la cour [1] : il n'y a sorte de vertus qu'on ne rassemble en lui par ce seul mot.

2. – Un homme qui sait la cour est maître de son geste, de ses yeux et de son visage ; il est profond, impénétrable ; il dissimule les mauvais offices [2], sourit à ses ennemis, contraint son humeur, déguise ses passions, dément son cœur, parle, agit contre ses sentiments. Tout ce grand raffinement n'est qu'un vice, que l'on appelle fausseté, quelquefois aussi inutile au courtisan pour sa fortune, que la franchise, la sincérité et la vertu.

3. – Qui peut nommer de certaines couleurs changeantes, et qui sont diverses selon les divers jours dont on les regarde ? de même, qui peut définir la cour ?

---

1. ***Il ne sait pas la cour*** : il ne connaît pas les manières de la cour.
2. ***Il dissimule les mauvais offices*** : il feint de ne pas voir les actions ou paroles dirigées contre lui.

4. – Se dérober à la cour un seul moment, c'est y renoncer : le courtisan qui l'a vue le matin la voit le soir pour la reconnaître le lendemain, ou afin que lui-même y soit connu.

5. – L'on est petit à la cour, et quelque vanité que l'on ait, on s'y trouve tel ; mais le mal est commun, et les grands mêmes y sont petits.

6. – La province est l'endroit d'où la cour, comme dans son point de vue, paraît une chose admirable : si l'on s'en approche, ses agréments diminuent, comme ceux d'une perspective que l'on voit de trop près.

7. – L'on s'accoutume difficilement à une vie qui se passe dans une antichambre, dans des cours, ou sur l'escalier.

8. – La cour ne rend pas content ; elle empêche qu'on ne le soit ailleurs.

9. – Il faut qu'un honnête homme ait tâté de la cour : il découvre en y entrant comme un nouveau monde qui lui était inconnu, où il voit régner également le vice et la politesse, et où tout lui est utile, le bon et le mauvais.

10. – La cour est comme un édifice bâti de marbre : je veux dire qu'elle est composée d'hommes fort durs, mais fort polis.

23. – Il n'y a rien à la cour de si méprisable et de si indigne qu'un homme qui ne peut contribuer en rien à notre fortune : je m'étonne qu'il ose se montrer.

25. – C'est beaucoup tirer [1] de notre ami, si, ayant monté à une grande faveur [2], il est encore un homme de notre connaissance.

---

1. ***Tirer*** : obtenir.
2. ***Ayant monté à une grande faveur*** : étant devenu un puissant de la cour.

36. – L'on dit à la cour du bien de quelqu'un pour deux raisons : la première, afin qu'il apprenne que nous disons du bien de lui ; la seconde, afin qu'il en dise de nous.

40. – Vous êtes homme de bien, vous ne songez ni à plaire ni à déplaire aux favoris, uniquement attaché à votre maître et à votre devoir : vous êtes perdu.

53. – Il faut des fripons à la cour auprès des grands et des ministres, même les mieux intentionnés ; mais l'usage en est délicat, et il faut savoir les mettre en œuvre. Il y a des temps et des occasions où ils ne peuvent être suppléés par d'autres. Honneur, vertu, conscience, qualités toujours respectables, souvent inutiles : que voulez-vous quelquefois que l'on fasse d'un homme de bien ?

62. – N'espérez plus de candeur [1], de franchise, d'équité [2], de bons offices, de services, de bienveillance, de générosité, de fermeté dans un homme qui s'est depuis quelque temps livré à la cour, et qui secrètement veut sa fortune. Le reconnaissez-vous à son visage, à ses entretiens ? Il ne nomme plus chaque chose par son nom ; il n'y a plus pour lui de fripons, de fourbes, de sots et d'impertinents : celui dont il lui échapperait de dire ce qu'il en pense, est celui-là même qui, venant à le savoir, l'empêcherait de *cheminer* [3] ; pensant mal de tout le monde, il n'en dit de personne ; ne voulant du bien qu'à lui seul, il veut persuader qu'il en veut à tous, afin que tous lui en fassent, ou que nul du moins lui soit contraire. Non content de n'être pas sincère, il ne souffre pas que personne le soit ; la vérité blesse son oreille : il est froid [4] et indifférent sur les observations que l'on fait sur la cour et sur le

1. ***Candeur*** : innocence, pureté.
2. ***Équité*** : justice.
3. ***L'empêcherait de cheminer*** : empêcherait son ascension sociale.
4. ***Froid*** : impassible.

courtisan ; et parce qu'il les a entendues, il s'en croit complice et responsable. Tyran de la société et martyr de son ambition, il a une triste circonspection[1] dans sa conduite et dans ses discours, une raillerie innocente, mais froide et contrainte, un ris[2] forcé, des caresses contrefaites, une conversation interrompue et des distractions fréquentes. Il a une profusion, le dirai-je ? des torrents de louanges pour ce qu'a fait ou ce qu'a dit un homme placé et qui est en faveur, et pour tout autre une sécheresse de pulmonique[3] ; il a des formules de compliments différents pour l'entrée et pour la sortie à l'égard de ceux qu'il visite ou dont il est visité ; et il n'y a personne de ceux qui se payent[4] de mines et de façons de parler qui ne sorte d'avec lui fort satisfait. Il vise également à se faire des patrons et des créatures[5] ; il est médiateur, confident, entremetteur : il veut gouverner. Il a une ferveur de novice pour toutes les petites pratiques de cour ; il sait où il faut se placer pour être vu ; il sait vous embrasser, prendre part à votre joie, vous faire coup sur coup des questions empressées sur votre santé, sur vos affaires ; et pendant que vous lui répondez, il perd le fil de sa curiosité, vous interrompt, entame un autre sujet ; ou s'il survient quelqu'un à qui il doive un discours tout différent, il sait, en achevant de vous congratuler, lui faire un compliment de condoléances : il pleure d'un œil, et il rit de l'autre. Se formant[6] quelquefois sur les ministres ou sur le favori, il parle en public de choses frivoles, du vent, de la gelée ; il se tait au contraire, et fait le mystérieux sur ce qu'il sait de plus important, et plus volontiers encore sur ce qu'il ne sait point.

1. ***Circonspection*** : retenue, prudence.
2. ***Ris*** : rire.
3. ***Pulmonique*** : désigne une personne malade des poumons, dont la toux est sèche ; poitrinaire.
4. ***Se payent*** : se satisfont, se contentent.
5. ***Créatures*** : protégés, personnes redevables.
6. ***Se formant*** : prenant modèle.

63. – Il y a un pays où les joies sont visibles[1], mais fausses, et les chagrins cachés, mais réels. Qui croirait que l'empressement pour les spectacles, que les éclats et les applaudissements aux théâtres de Molière et d'Arlequin[2], les repas, la chasse, les ballets, les carrousels[3] couvrissent tant d'inquiétudes, de soins et de divers intérêts, tant de craintes et d'espérances, des passions si vives et des affaires si sérieuses ?

64. – La vie de la cour est un jeu sérieux, mélancolique, qui applique[4] : il faut arranger ses pièces et ses batteries, avoir un dessein[5], le suivre, parer celui de son adversaire, hasarder quelquefois, et jouer de caprice ; et après toutes ses rêveries et toutes ses mesures, on est échec, quelquefois mat ; souvent, avec des pions qu'on ménage bien, on va à dame, et l'on gagne la partie : le plus habile l'emporte, ou le plus heureux.

65. – Les roues, les ressorts, les mouvements sont cachés ; rien ne paraît d'une montre que son aiguille, qui insensiblement s'avance et achève son tour : image du courtisan, d'autant plus parfaite qu'après avoir fait assez de chemin, il revient souvent au même point d'où il est parti.

66. – « Les deux tiers de ma vie sont écoulés ; pourquoi tant m'inquiéter sur ce qui m'en reste ? La plus brillante fortune ne mérite point ni le tourment que je me donne, ni les petitesses où je me surprends, ni les humiliations, ni les hontes que j'essuie ; trente

---

1. ***Visibles*** : spectaculaires et retentissantes.

2. La troupe de Molière, l'Illustre-Théâtre, est alors installée au Palais-Royal depuis 1661 ; celle des Comédiens-Italiens, qui représentent des spectacles de la *commedia dell'arte* et comptent Arlequin parmi leur galerie de personnages, joue dans la salle du Petit-Bourbon.

3. ***Carrousels*** : parades de cavaliers se livrant à des exercices, des évolutions.

4. ***Applique*** : absorbe, demande de l'application.

5. ***Dessein*** : objectif.

années détruiront ces colosses de puissance qu'on ne voyait bien qu'à force de lever la tête ; nous disparaîtrons, moi qui suis si peu de chose, et ceux que je contemplais si avidement, et de qui j'espérais toute ma grandeur ; le meilleur de tous les biens, s'il y a des biens, c'est le repos, la retraite et un endroit qui soit son domaine. » N** a pensé cela dans sa disgrâce, et l'a oublié dans la prospérité.

74. – L'on parle d'une région où les vieillards[1] sont galants, polis et civils ; les jeunes gens au contraire, durs, féroces[2], sans mœurs ni politesse[3] : ils se trouvent affranchis de la passion des femmes dans un âge où l'on commence ailleurs à la sentir ; ils leur préfèrent des repas, des viandes[4], et des amours ridicules[5]. Celui-là chez eux est sobre et modéré, qui ne s'enivre que de vin : l'usage trop fréquent qu'ils en ont fait le leur a rendu insipide[6] ; ils cherchent à réveiller leur goût déjà éteint par des eaux-de-vie, et par toutes les liqueurs[7] les plus violentes ; il ne manque à leur débauche que de boire de l'eau-forte[8]. Les femmes du pays précipitent le déclin de leur beauté par des artifices qu'elles croient servir à les rendre belles : leur coutume est de peindre leurs lèvres, leurs joues, leurs sourcils et leurs épaules, qu'elles étalent avec leur gorge, leurs bras et leurs oreilles, comme si elles craignaient de cacher l'endroit par où elles pourraient plaire, ou de ne pas se montrer assez. Ceux qui habitent cette contrée ont une physionomie qui n'est pas nette, mais confuse, embarrassée dans une épaisseur de cheveux étrangers, qu'ils préfèrent aux naturels et dont ils font un long tissu pour couvrir leur tête : il descend à

1. « Les vieillards » représentent ici symboliquement un ordre ancien (voir présentation, p. 14).
2. ***Féroces*** : brutaux.
3. ***Politesse*** : manières.
4. ***Viandes*** : ici, mets.
5. ***Ridicules*** : étrangères à leur condition (voir Molière, *Dom Juan*).
6. ***Insipide*** : sans goût.
7. ***Liqueurs*** : boissons.
8. ***De l'eau-forte*** : de l'acide nitrique utilisé pour la gravure sur cuivre.

la moitié du corps, change les traits, et empêche qu'on ne connaisse[1] les hommes à leur visage. Ces peuples d'ailleurs ont leur Dieu et leur roi : les grands de la nation s'assemblent tous les jours, à une certaine heure, dans un temple qu'ils nomment église[2] ; il y a au fond de ce temple un autel consacré à leur Dieu, où un prêtre célèbre des mystères qu'ils appellent saints, sacrés et redoutables ; les grands forment un vaste cercle au pied de cet autel, et paraissent[3] debout, le dos tourné directement au prêtre et aux saints mystères, et les faces élevées vers leur roi, que l'on voit à genoux sur une tribune, et à qui ils semblent avoir tout l'esprit et tout le cœur appliqués. On ne laisse pas de voir[4] dans cet usage une espèce de subordination ; car ce peuple paraît adorer le prince, et le prince adorer Dieu. Les gens du pays le nomment ***[5] ; il est à quelque quarante-huit degrés d'élévation[6] du pôle, et à plus d'onze cents lieues[7] de mer des Iroquois[8] et des Hurons[9].

78. – Faibles hommes ! Un grand dit de *Timagène*, votre ami, qu'il est un sot, et il se trompe. Je ne demande pas que vous

1. ***Connaisse*** : reconnaisse.
2. ***Un temple qu'ils nomment église*** : ici, il s'agit de la chapelle du palais de Versailles.
3. ***Paraissent*** : se montrent.
4. ***On ne laisse pas de voir*** : on ne manque pas de voir.
5. Il s'agit de Versailles.
6. ***D'élévation*** : de latitude.
7. ***Onze cents lieues*** : environ 6 000 kilomètres, la lieue de mer, ancienne mesure de distance, valait 5,5 kilomètres.
8. ***Iroquois, Hurons*** : Indiens d'Amérique du Nord. (Au XVIIe siècle [1642-1649], les Iroquois luttèrent contre les missionnaires français aidés des Hurons.)
9. Le procédé utilisé dans cette remarque annonce celui qu'emploieront Montesquieu dans les *Lettres persanes* (1721) et Voltaire dans *Micromégas* (1752) et *L'Ingénu* (1767). La description coïncide avec le point de vue d'un étranger que sa distance transforme en témoin crédible des travers de la cour et des courtisans.

répliquiez qu'il est homme d'esprit : osez seulement penser qu'il n'est pas un sot.

De même il prononce d'*Iphicrate* qu'il manque de cœur [1] ; vous lui avez vu faire une belle action : rassurez-vous, je vous dispense de la raconter, pourvu qu'après ce que vous venez d'entendre, vous vous souveniez encore de la lui avoir vu faire.

94. – Qu'un favori s'observe de fort près ; car s'il me fait moins attendre dans son antichambre qu'à l'ordinaire, s'il a le visage plus ouvert, s'il fronce moins le sourcil, s'il m'écoute plus volontiers, et s'il me reconduit un peu plus loin, je penserai qu'il commence à tomber, et je penserai vrai.

L'homme a bien peu de ressources dans soi-même, puisqu'il lui faut une disgrâce ou une mortification pour le rendre plus humain, plus traitable, moins féroce [2], plus honnête homme.

99. – Dans cent ans le monde subsistera encore en son entier : ce sera le même théâtre et les mêmes décorations, ce ne seront plus les mêmes acteurs. Tout ce qui se réjouit sur une grâce reçue, ou ce qui s'attriste et se désespère sur un refus, tous auront disparu de dessus la scène. Il s'avance déjà sur le théâtre d'autres hommes qui vont jouer dans une même pièce les mêmes rôles ; ils s'évanouiront à leur tour ; et ceux qui ne sont pas encore, un jour ne seront plus : de nouveaux acteurs ont pris leur place. Quel fonds [3] à faire sur un personnage de comédie !

---

1. ***Cœur*** : courage.
2. ***Féroce*** : voir note 2, p. 96.
3. ***Fonds*** : investissement (ironique).

IX. Des grands

3. – L'avantage des grands sur les autres hommes est immense par un endroit : je leur cède leur bonne chère, leurs riches ameublements, leurs chiens, leurs chevaux, leurs singes, leurs nains, leurs fous et leurs flatteurs ; mais je leur envie le bonheur d'avoir à leur service des gens qui les égalent par le cœur et par l'esprit, et qui les passent[1] quelquefois.

7. – « Il est vieux et usé, dit un grand ; il s'est crevé à me suivre : qu'en faire ? » Un autre, plus jeune, enlève ses espérances, et obtient le poste qu'on ne refuse à ce malheureux que parce qu'il l'a trop mérité.

8. – « Je ne sais, dites-vous avec un air froid et dédaigneux, *Philante* a du mérite, de l'esprit, de l'agrément, de l'exactitude sur son devoir[2], de la fidélité et de l'attachement pour son maître, et il en est médiocrement considéré ; il ne plaît pas, il n'est pas

---

1. ***Passent*** : surpassent.
2. ***A [...] de l'exactitude sur son devoir*** : a une conscience scrupuleuse de son devoir.

goûté. » – Expliquez-vous : est-ce Philanthe, ou le grand qu'il sert, que vous condamnez ?

13. – Quand je vois d'une part auprès des grands, à leur table, et quelquefois dans leur familiarité, de ces hommes alertes, empressés, intrigants, aventuriers, esprits dangereux et nuisibles, et que je considère d'autre part quelle peine ont les personnes de mérite à en approcher, je ne suis pas toujours disposé à croire que les méchants soient soufferts par intérêt, ou que les gens de bien soient regardés comme inutiles ; je trouve plus mon compte à me confirmer dans cette pensée, que grandeur et discernement sont deux choses différentes, et l'amour pour la vertu et pour les vertueux une troisième chose.

25. – Si je compare ensemble les deux conditions des hommes les plus opposées, je veux dire les grands avec le peuple, ce dernier me paraît content du nécessaire, et les autres sont inquiets et pauvres avec le superflu. Un homme du peuple ne saurait faire aucun mal ; un grand ne veut faire aucun bien, et est capable de grands maux. L'un ne se forme et ne s'exerce que dans les choses qui sont utiles ; l'autre y joint les pernicieuses. Là se montrent ingénument la grossièreté et la franchise ; ici se cache une sève maligne [1] et corrompue sous l'écorce de la politesse. Le peuple n'a guère d'esprit, et les grands n'ont point d'âme : celui-là a un bon fond, et n'a point de dehors ; ceux-ci n'ont que des dehors et qu'une simple superficie [2]. Faut-il opter ? Je ne balance pas [3] : je veux être peuple.

32. – Il y a des hommes nés inaccessibles, et ce sont précisément ceux de qui les autres ont besoin, de qui ils dépendent. Ils ne sont jamais que sur un pied ; mobiles comme le mercure, ils

1. ***Maligne*** : nuisible.
2. ***Une simple superficie*** : peu de moralité.
3. ***Je ne balance pas*** : je n'hésite pas.

pirouettent, ils gesticulent, ils crient, ils s'agitent ; semblables à ces figures de carton qui servent de montre [1] à une fête publique, ils jettent feu et flamme, tonnent et foudroient : on n'en approche pas, jusqu'à ce que, venant à s'éteindre, ils tombent, et par leur chute deviennent traitables, mais inutiles.

48. – *Théognis* est recherché dans son ajustement [2], et il sort paré comme une femme ; il n'est pas hors de sa maison, qu'il a déjà ajusté ses yeux et son visage [3] afin que ce soit une chose faite quand il sera dans le public, qu'il y paraisse tout concerté [4], que ceux qui passent le trouvent déjà gracieux et leur souriant, et que nul ne lui échappe. Marche-t-il dans les salles, il se tourne à droit [5], où il y a un grand monde, et à gauche, où il n'y a personne ; il salue ceux qui y sont et ceux qui n'y sont pas. Il embrasse [6] un homme qu'il trouve sous sa main, il lui presse la tête contre sa poitrine ; il demande ensuite qui est celui qu'il a embrassé [7]. Quelqu'un a besoin de lui dans une affaire qui est facile ; il va le trouver, lui fait sa prière : Théognis l'écoute favorablement, il est ravi de lui être bon à quelque chose, il le conjure de faire naître des occasions de lui rendre service ; et comme celui-ci insiste sur son affaire, il lui dit qu'il ne la fera point ; il le prie de se mettre en sa place, il l'en fait juge. Le client sort, reconduit, caressé, confus, presque content d'être refusé.

---

1. ***Montre*** : enseigne, annonce.
2. ***Recherché dans son ajustement*** : habillé de façon raffinée.
3. ***A déjà ajusté ses yeux et son visage*** : a déjà pris un regard et un visage de circonstance.
4. ***Qu'il y paraisse tout concerté*** : qu'il s'y montre tout étudié (tel un comédien qui a travaillé son rôle).
5. ***À droit*** : vers la droite.
6. ***Il embrasse*** : il étreint, serre dans ses bras.
7. Voir aussi Molière, *Le Misanthrope*, acte I, scène I (v. 19-22) : « De protestations, d'offres et de serments / Vous chargez la fureur de vos embrassements ; / Et quand je vous demande après quel est cet homme, / À peine pouvez-vous dire comme il se nomme. »

50. – *Pamphile* ne s'entretient pas avec les gens qu'il rencontre dans les salles ou dans les cours : si l'on en croit sa gravité et l'élévation de sa voix, il les reçoit, leur donne audience, les congédie ; il a des termes tout à la fois civils et hautains, une honnêteté impérieuse et qu'il emploie sans discernement ; il a une fausse grandeur qui l'abaisse, et qui embarrasse fort ceux qui sont ses amis, et qui ne veulent pas le mépriser.

Un Pamphile est plein de lui-même, ne se perd pas de vue, ne sort point de l'idée de sa grandeur, de ses alliances, de sa charge, de sa dignité ; il ramasse, pour ainsi dire, toutes ses pièces, s'en enveloppe pour se faire valoir ; il dit : *Mon ordre, mon cordon bleu* [1] ; il l'étale ou il le cache par ostentation. Un Pamphile en un mot veut être grand, il croit l'être ; il ne l'est pas, il est d'après un grand. Si quelquefois il sourit à un homme du dernier ordre, à un homme d'esprit, il choisit son temps si juste, qu'il n'est jamais pris sur le fait : aussi la rougeur lui monterait-elle au visage s'il était malheureusement surpris dans la moindre familiarité avec quelqu'un qui n'est ni opulent, ni puissant, ni ami d'un ministre, ni son allié, ni son domestique. Il est sévère et inexorable à qui n'a point encore fait sa fortune. Il vous aperçoit un jour dans une galerie, et il vous fuit ; et le lendemain, s'il vous trouve en un endroit moins public, ou s'il est public, en la compagnie d'un grand, il prend courage, il vient à vous, et il vous dit : *Vous ne faisiez pas hier semblant de nous voir*. Tantôt il vous quitte brusquement pour joindre un seigneur ou un premier commis [2] ; et tantôt s'il les trouve avec vous en conversation, il vous coupe et vous les enlève. Vous l'abordez une autre fois, et il ne s'arrête pas ; il se fait suivre, vous parle si haut que c'est une scène pour ceux

1. Allusion à l'ordre du Saint-Esprit, ordre de chevalerie institué en 1578 par Henri III, et qui s'imposa ensuite comme le principal ordre de la royauté française. Les chevaliers ainsi distingués portaient la croix de l'ordre pendue à « un ruban de soie couleur bleu céleste ».

2. ***Premier commis*** : haut fonctionnaire.

qui passent. Aussi les Pamphiles sont-ils toujours comme sur un théâtre : gens nourris dans le faux, et qui ne haïssent rien tant que d'être naturels ; vrais personnages de comédie, des *Floridors*[1], des *Mondoris*[2]. [...]

56. – L'on doit se taire sur les puissants : il y a presque toujours de la flatterie à en dire du bien ; il y a du péril à en dire du mal pendant qu'ils vivent, et de la lâcheté quand ils sont morts.

---

1. Josias de Soulas (1608-1671), dit « Floridor », dirigea la troupe de l'Hôtel de Bourgogne de 1646 jusqu'à sa mort. Il s'illustra dans les tragédies de Racine.

2. Guillaume Gilbert (1594-1651), dit « Mondory », tragédien apprécié, dirigea la troupe du Marais de 1634 à 1638. Il s'illustra dans les pièces de Corneille.

X. Du souverain ou de la république[1]

1. – Quand l'on parcourt, sans la prévention de son pays[2], toutes les formes de gouvernement, l'on ne sait à laquelle se tenir : il y a dans toutes le moins bon et le moins mauvais. Ce qu'il y a de plus raisonnable et de plus sûr, c'est d'estimer celle où l'on est né la meilleure de toutes, et de s'y soumettre.

2. – Il ne faut ni art ni science pour exercer la tyrannie, et la politique qui ne consiste qu'à répandre le sang est fort bornée et de nul raffinement ; elle inspire de tuer ceux dont la vie est un obstacle à notre ambition : un homme né cruel fait cela sans peine. C'est la manière la plus horrible et la plus grossière de se maintenir ou de s'agrandir.

9. – La guerre a pour elle l'antiquité[3] ; elle a été dans tous les siècles : on l'a toujours vue remplir le monde de veuves et

---

1. ***République*** : chose publique (du latin *res publica*), organisation politique de la société.

2. ***Sans la prévention de son pays*** : sans avoir de parti pris pour son pays.

3. ***L'antiquité*** : l'ancienneté.

d'orphelins, épuiser les familles d'héritiers, et faire périr les frères à une même bataille. Jeune SOYECOUR[1] ! je regrette ta vertu[2], ta pudeur[3], ton esprit déjà mûr, pénétrant, élevé, sociable ; je plains cette mort prématurée qui te joint à ton intrépide frère, et t'enlève à une cour où tu n'as fait que te montrer : malheur déplorable, mais ordinaire ! De tout temps les hommes, pour quelque morceau de terre de plus ou de moins, sont convenus entre eux de se dépouiller, se brûler, se tuer, s'égorger les uns les autres ; et pour le faire plus ingénieusement et avec plus de sûreté, ils ont inventé de belles règles qu'on appelle l'art militaire ; ils ont attaché à la pratique de ces règles la gloire ou la plus solide réputation ; et ils ont depuis renchéri de siècle en siècle sur la manière de se détruire réciproquement. De l'injustice des premiers hommes, comme de son unique source, est venue la guerre, ainsi que la nécessité où ils se sont trouvés de se donner des maîtres qui fixassent leurs droits et leurs prétentions. Si, content du sien, on eût pu s'abstenir du bien de ses voisins, on avait pour toujours la paix et la liberté.

21. – Hommes en place, ministres, favoris, me permettrez-vous de le dire ? ne vous reposez point sur vos descendants pour le soin de votre mémoire et pour la durée de votre nom : les titres passent, la faveur s'évanouit, les dignités se perdent, les richesses se dissipent, et le mérite dégénère. Vous avez des enfants, il est vrai, dignes de vous, j'ajoute même capables de soutenir toute votre fortune ; mais qui peut vous en promettre autant de vos petits-fils ? Ne m'en croyez pas[4], regardez cette unique fois de certains

1. L'officier Adolphe de Belleforière, chevalier de Soyecour, fut tué lors de la bataille de Fleurus (1690), dans laquelle périt également son frère aîné. La Bruyère était très attaché à leur sœur, jeune veuve irréprochable, qui lui inspira de « tendres attachements ».

2. ***Vertu*** : force morale.

3. ***Pudeur*** : modestie.

4. ***Ne m'en croyez pas*** : ne vous en rapportez pas à moi, ne me croyez pas sur parole, c'est-à-dire ne vous contentez pas de m'écouter.

hommes que vous ne regardez jamais, que vous dédaignez : ils ont des aïeuls, à qui, tout grands que vous êtes, vous ne faites que succéder. Ayez de la vertu et de l'humanité ; et si vous me dites : « Qu'aurons-nous de plus ? » je vous répondrai : « De l'humanité et de la vertu. » Maîtres alors de l'avenir, et indépendants d'une postérité, vous êtes sûrs de durer autant que la monarchie ; et dans le temps que l'on montrera les ruines de vos châteaux, et peut-être la seule place où ils étaient construits, l'idée de vos louables actions sera encore fraîche dans l'esprit des peuples ; ils considéreront avidement vos portraits et vos médailles ; ils diront : « Cet homme dont vous regardez la peinture a parlé à son maître avec force et avec liberté, et a plus craint de lui nuire que de lui déplaire ; il lui a permis d'être bon et bienfaisant, de dire de ses villes : *Ma bonne ville*, et de son peuple : *Mon peuple*. [...] »

27. – Nommer un roi PÈRE DU PEUPLE est moins faire son éloge que l'appeler par son nom, ou faire sa définition.

28. – Il y a un commerce ou un retour de devoirs du souverain à ses sujets, et de ceux-ci au souverain [1] : quels sont les plus assujettissants et les plus pénibles, je ne le déciderai pas. Il s'agit de juger, d'un côté, entre les étroits engagements [2] du respect, des secours, des services, de l'obéissance, de la dépendance ; et d'un autre, les obligations indispensables de bonté, de justice, de soins, de défense, de protection. Dire qu'un prince est arbitre de la vie des hommes, c'est dire seulement que les hommes par leurs crimes deviennent naturellement soumis aux lois et à la justice, dont le prince est le dépositaire : ajouter qu'il est maître absolu de tous les biens de ses sujets, sans égards, sans compte ni discussion, c'est le langage de la flatterie, c'est l'opinion d'un favori qui se dédira à l'agonie [3].

---

1. ***Il y a un commerce ou un retour de devoirs* [...] *souverain*** : il y a un échange réciproque de services, de devoirs entre le souverain et ses sujets.
2. ***Engagements*** : serments, contrats.
3. Cette réflexion très polémique apparaît seulement dans la septième édition.

29. – Quand vous voyez quelquefois un nombreux troupeau, qui répandu sur une colline vers le déclin d'un beau jour, paît tranquillement le thym et le serpolet[1], ou qui broute dans une prairie une herbe menue et tendre qui a échappé à la faux du moissonneur, le berger, soigneux et attentif, est debout auprès de ses brebis ; il ne les perd pas de vue, il les suit, il les conduit, il les change de pâturage ; si elles se dispersent, il les rassemble ; si un loup avide paraît, il lâche son chien, qui le met en fuite ; il les nourrit, il les défend ; l'aurore le trouve déjà en pleine campagne, d'où il ne se retire qu'avec le soleil : quels soins ! quelle vigilance ! quelle servitude ! Quelle condition vous paraît la plus délicieuse et la plus libre, ou du berger ou des brebis ? le troupeau est-il fait pour le berger, ou le berger pour le troupeau ? Image naïve[2] des peuples et du prince qui les gouverne, s'il est bon prince.

Le faste et le luxe dans un souverain, c'est le berger habillé d'or et de pierreries, la houlette[3] d'or en ses mains ; son chien a un collier d'or, il est attaché avec une laisse d'or et de soie. Que sert tant d'or à son troupeau ou contre les loups ?

30. – Quelle heureuse place[4] que celle qui fournit dans tous les instants l'occasion à un homme de faire du bien à tant de milliers d'hommes ! Quel dangereux poste que celui qui expose à tous moments un homme à nuire à un million d'hommes !

---

1. ***Serpolet*** : variété de thym utilisée comme assaisonnement.
2. ***Naïve*** : au naturel.
3. ***Houlette*** : bâton de berger muni à son extrémité d'une plaque de fer servant à jeter des mottes de terre ou des pierres aux moutons qui s'éloignent du troupeau.
4. ***Place*** : ici, poste, fonction.

■ Ménalque (p. 112-114), gravure figurant dans une édition des *Caractères* publiée au XIXe siècle.

XI. De l'homme

1. – Ne nous emportons point contre les hommes en voyant leur dureté, leur ingratitude, leur injustice, leur fierté[1], l'amour d'eux-mêmes, et l'oubli des autres : ils sont ainsi faits, c'est leur nature, c'est ne pouvoir supporter que la pierre tombe ou que le feu s'élève.

2. – Les hommes en un sens ne sont point légers, ou ne le sont que dans les petites choses. Ils changent leurs habits, leur langage, les dehors, les bienséances ; ils changent de goût quelquefois : ils gardent leurs mœurs toujours mauvaises, fermes et constants dans le mal, ou dans l'indifférence pour la vertu.

6. – Un homme inégal n'est pas un seul homme, ce sont plusieurs : il se multiplie autant de fois qu'il a de nouveaux goûts et de manières différentes ; il est à chaque moment ce qu'il n'était point, et il va être bientôt ce qu'il n'a jamais été : il se succède à lui-même. Ne demandez pas de quelle complexion[2] il est, mais quelles sont ses complexions ; ni de quelle humeur, mais combien il a de sortes

1. ***Fierté*** : cruauté.
2. ***Complexion*** : caractère, tempérament.

d'humeurs. Ne vous trompez-vous point ? est-ce *Euthycrate* que vous abordez ? aujourd'hui quelle glace pour vous ! hier il vous recherchait, il vous caressait, vous donniez de la jalousie à ses amis : vous reconnaît-il bien ? dites-lui votre nom.

7. – *Ménalque* [1] descend son escalier, ouvre sa porte pour sortir, il la referme : il s'aperçoit qu'il est en bonnet de nuit ; et venant à mieux s'examiner, il se trouve rasé à moitié, il voit que son épée est mise du côté droit, que ses bas sont rabattus sur ses talons, et que sa chemise est par-dessus ses chausses. S'il marche dans les places, il se sent tout d'un coup rudement frapper à l'estomac ou au visage ; il ne soupçonne point ce que ce peut être, jusqu'à ce qu'ouvrant les yeux et se réveillant, il se trouve ou devant un limon de charrette [2], ou derrière un long ais [3] de menuiserie que porte un ouvrier sur ses épaules. On l'a vu une fois heurter du front contre celui d'un aveugle, s'embarrasser dans ses jambes, et tomber avec lui chacun de son côté à la renverse. Il lui est arrivé plusieurs fois de se trouver tête pour tête [4] à la rencontre d'un prince et sur son passage, se reconnaître à peine, et n'avoir que le loisir de se coller à un mur pour lui faire place. Il cherche, il brouille [5], il crie, il s'échauffe, il appelle ses valets l'un après l'autre : *on lui perd tout, on lui égare tout* ; il demande ses gants, qu'il a dans ses mains, semblable à cette femme qui prenait le temps de demander son masque lorsqu'elle l'avait sur son visage. Il entre à l'appartement [6], et passe sous un

---

1. Ceci est moins un caractère particulier qu'un recueil de faits de distractions. Ils ne sauraient être en trop grand nombre s'ils sont agréables ; car, les goûts étant différents, on a à choisir (note de La Bruyère). Dans le portrait de Ménalque, les clefs contemporaines ont reconnu le comte de Brancas, mort en 1681, dont les « faits de distractions » étaient célèbres.

2. ***Limon de charrette*** : chacune des deux pièces entre lesquelles on attelle le cheval.

3. ***Ais*** : planche.

4. ***Tête pour tête*** : face à face.

5. ***Brouille*** : dérange tout.

6. Il s'agit ici de l'appartement du roi.

lustre où sa perruque s'accroche et demeure suspendue : tous les courtisans regardent et rient ; Ménalque regarde aussi et rit plus haut que les autres, il cherche des yeux dans toute l'assemblée où est celui qui montre ses oreilles, et à qui il manque une perruque. [...] Il a une fois perdu au jeu tout l'argent qui est dans sa bourse, et, voulant continuer de jouer, il entre dans son cabinet, ouvre une armoire, y prend sa cassette [1], en tire ce qu'il lui plaît, croit la remettre où il l'a prise : il entend aboyer dans son armoire qu'il vient de fermer ; étonné de ce prodige, il l'ouvre une seconde fois, et il éclate de rire d'y voir son chien, qu'il a serré pour sa cassette [2]. Il joue au trictrac [3], il demande à boire, on lui en apporte ; c'est à lui à jouer, il tient le cornet d'une main et un verre de l'autre, et comme il a une grande soif, il avale les dés et presque le cornet, jette le verre d'eau dans le trictrac, et inonde celui contre qui il joue. [...] Souvent il vous interroge, et il est déjà bien loin de vous quand vous songez à lui répondre ; ou bien il vous demande en courant comment se porte votre père, et comme vous lui dites qu'il est fort mal, il vous crie qu'il en est bien aise. [...] Il se trouve par hasard avec une jeune veuve ; il lui parle de son défunt mari, lui demande comment il est mort ; cette femme, à qui ce discours renouvelle ses douleurs, pleure, sanglote, et ne laisse pas de reprendre tous les détails de la maladie de son époux, qu'elle conduit depuis la veille de sa fièvre, qu'il se portait bien, jusqu'à l'agonie : *Madame*, lui demande Ménalque, qui l'avait apparemment écoutée avec attention, *n'aviez-vous que celui-là ?* [...] Enfin il n'est ni présent ni attentif dans une compagnie à ce qui fait le sujet de la conversation. Il pense et il parle tout à la fois, mais la chose dont il parle est rarement celle à laquelle il pense ; aussi ne parle-t-il guère conséquemment [4] et avec suite : où il dit *non*, souvent il faut dire *oui*, et où il dit *oui*, croyez qu'il veut dire *non* ; il a, en vous répondant si juste, les

1. ***Cassette*** : petit coffret où l'on mettait son argent et ses bijoux.
2. ***Qu'il a serré pour sa cassette*** : qu'il a rangé à la place de sa cassette.
3. ***Trictrac*** : jeu de dés.
4. ***Conséquemment*** : avec logique.

yeux fort ouverts, mais il ne s'en sert point : il ne regarde ni vous ni personne, ni rien qui soit au monde. Tout ce que vous pouvez tirer de lui, et encore dans le temps qu'il est le plus appliqué et d'un meilleur commerce, ce sont ces mots : *Oui vraiment ; C'est vrai ; Bon ! Tout de bon ? Oui-da ! Je pense qu'oui ; Assurément ; Ah ! ciel !* et quelques autres monosyllabes qui ne sont pas même placés à propos. Jamais aussi il n'est avec ceux avec qui il paraît être : il appelle sérieusement son laquais *Monsieur* ; et son ami, il l'appelle *la Verdure ;* il dit *Votre Révérence* à un prince du sang, et *Votre Altesse* [1] à un jésuite. Il entend la messe : le prêtre vient à éternuer ; il lui dit : *Dieu vous assiste !* Il se trouve avec un magistrat : cet homme, grave par son caractère, vénérable par son âge et par sa dignité, l'interroge sur un événement et lui demande si cela est ainsi ; Ménalque lui répond : *Oui, Mademoiselle*. Il revient une fois de la campagne : ses laquais en livrées entreprennent de le voler et y réussissent ; ils descendent de son carrosse, lui portent un bout de flambeau sous la gorge, lui demandent la bourse, et il la rend. Arrivé chez soi, il raconte son aventure à ses amis, qui ne manquent pas de l'interroger sur les circonstances, et il leur dit : *Demandez à mes gens, ils y étaient*.

18. – Tout est étranger dans l'humeur, les mœurs et les manières de la plupart des hommes. Tel a vécu pendant toute sa vie chagrin [2], emporté, avare, rampant, soumis, laborieux, intéressé, qui était né gai, paisible, paresseux, magnifique, d'un courage fier et éloigné de toute bassesse : les besoins de la vie, la situation où l'on se trouve, la loi de la nécessité forcent la nature et y causent ces grands changements. Ainsi tel homme au fond et en lui-même ne se peut définir : trop de choses qui sont hors de lui l'altèrent, le changent, le bouleversent ; il n'est point précisément ce qu'il est ou ce qu'il paraît être.

---

1. Le titre « *Votre Révérence* » était employé à l'adresse des religieux prêtres et « *Votre Altesse* » réservé aux princes et princesses.

2. ***Chagrin*** : mécontent.

19. – La vie est courte et ennuyeuse : elle se passe toute à désirer. L'on remet à l'avenir son repos et ses joies, à cet âge souvent où les meilleurs biens ont déjà disparu, la santé et la jeunesse. Ce temps arrive, qui nous surprend encore dans les désirs ; on en est là, quand la fièvre nous saisit et nous éteint : si l'on eût guéri, ce n'était que pour désirer plus longtemps [1].

35. – *Irène* [2] se transporte à grands frais en Épidaure [3], voit Esculape dans son temple, et le consulte sur tous ses maux. D'abord elle se plaint qu'elle est lasse et recrue de fatigue ; et le dieu prononce que cela lui arrive par la longueur du chemin qu'elle vient de faire. Elle dit qu'elle est le soir sans appétit ; l'oracle lui ordonne de dîner peu. Elle ajoute qu'elle est sujette à des insomnies ; et il lui prescrit de n'être au lit que pendant la nuit. Elle lui demande pourquoi elle devient pesante, et quel remède ; l'oracle répond qu'elle doit se lever avant midi, et quelquefois se servir de ses jambes pour marcher. Elle lui déclare que le vin lui est nuisible : l'oracle lui dit de boire de l'eau ; qu'elle a des indigestions : et il ajoute qu'elle fasse diète. « Ma vue s'affaiblit, dit Irène. – Prenez des lunettes, dit Esculape. – Je m'affaiblis moi-même, continue-t-elle, et je ne suis ni si forte ni si saine [4] que j'ai été. – C'est, dit le dieu, que vous vieillissez. – Mais quel moyen de

---

1. Cette remarque rappelle cette considération de Montaigne : « Nous ne sommes jamais chez nous, nous sommes toujours au-delà. La crainte, le désir, l'espérance nous élancent vers l'avenir, et nous dérobent le sentiment et la considération de ce qui est [...] » (*Essais*, livre I, III).

2. Les clefs contemporaines désignent ici Mme de Montespan (1641-1707), la favorite du roi, qui avait l'habitude d'aller en cure pour soigner des maladies imaginaires et avait une grande crainte de la mort.

3. ***Épidaure*** : ancienne ville de Grèce, célèbre pour son sanctuaire dédié à Asclépios (fils d'Apollon et dieu grec de la Médecine auquel fut assimilé le dieu romain Esculape) et fréquenté dès le VIe siècle av. J.-C. par des malades suppliants.

4. ***Si saine*** : en aussi bonne santé.

guérir de cette langueur ? – Le plus court, Irène, c'est de mourir, comme ont fait votre mère et votre aïeule. – Fils d'Apollon, s'écrie Irène, quel conseil me donnez-vous ? Est-ce là toute cette science que les hommes publient[1], et qui vous fait révérer de toute la terre ? Que m'apprenez-vous de rare et de mystérieux ? et ne savais-je pas tous ces remèdes que vous m'enseignez ? – Que n'en usiez-vous donc, répond le dieu, sans venir me chercher de si loin, et abréger vos jours par un long voyage ? »

47. – La vie est un sommeil : les vieillards sont ceux dont le sommeil a été plus long ; ils ne commencent à se réveiller que quand il faut mourir. S'ils repassent alors sur tout le cours de leurs années, ils ne trouvent souvent ni vertus ni actions louables qui les distinguent les unes des autres ; ils confondent leurs différents âges, ils n'y voient rien qui marque assez pour mesurer le temps qu'ils ont vécu. Ils ont eu un songe confus, informe, et sans aucune suite ; ils sentent néanmoins, comme ceux qui s'éveillent, qu'ils ont dormi longtemps.

48. – Il n'y a pour l'homme que trois événements : naître, vivre et mourir. Il ne se sent pas naître, il souffre à mourir, et il oublie de vivre.

50. – Les enfants sont hautains, dédaigneux, colères, envieux, curieux, intéressés[2], paresseux, volages[3], timides[4], intempérants, menteurs, dissimulés ; ils rient et pleurent facilement ; ils ont des joies immodérées et des afflictions amères sur de très petits sujets ; ils ne veulent point souffrir de mal, et aiment à en faire : ils sont déjà des hommes.

---

1. ***Publient*** : vantent haut et fort.
2. ***Intéressés*** : attachés seulement à leurs intérêts.
3. ***Volages*** : inconstants.
4. ***Timides*** : peureux.

55. – La paresse, l'indolence[1] et l'oisiveté, vices si naturels aux enfants, disparaissent dans leurs jeux, où ils sont vifs, appliqués, exacts, amoureux des règles et de la symétrie, où ils ne se pardonnent nulle faute les uns aux autres, et recommencent eux-mêmes plusieurs fois une seule chose qu'ils ont manquée : présages certains qu'ils pourront un jour négliger leurs devoirs, mais qu'ils n'oublieront rien pour leurs plaisirs.

64. – Nous faisons par vanité ou par bienséance les mêmes choses, et avec les mêmes dehors, que nous les ferions par inclination ou par devoir. Tel vient de mourir à Paris de la fièvre qu'il a gagnée à veiller sa femme, qu'il n'aimait point.

65. – Les hommes, dans le cœur, veulent être estimés, et ils cachent avec soin l'envie qu'ils ont d'être estimés ; parce que les hommes veulent passer pour vertueux, et que vouloir tirer de la vertu tout autre avantage que la même vertu, je veux dire l'estime et les louanges, ce ne serait plus être vertueux, mais aimer l'estime et les louanges, ou être vain : les hommes sont très vains, et ils ne haïssent rien tant que de passer pour tels.

66. – Un homme vain trouve son compte à dire du bien ou du mal de soi[2] : un homme modeste ne parle point de soi. […]

71. – Vous dites qu'il faut être modeste, les gens bien nés ne demandent pas mieux : faites seulement que les hommes n'empiètent pas sur ceux qui cèdent par modestie, et ne brisent pas ceux qui plient.

De même l'on dit : « Il faut avoir des habits modestes[3]. » Les personnes de mérite ne désirent rien davantage ; mais le monde

---

1. ***Indolence*** : nonchalance, inertie.
2. Ce passage rappelle cette maxime de La Rochefoucauld : « On aime mieux dire du mal de soi-même que de n'en point parler » (*Maximes*, 138).
3. ***Modestes*** : sans luxe excessif, sans luxe ostentatoire.

veut de la parure, on lui en donne ; il est avide de la superfluité, on lui en montre. Quelques-uns n'estiment les autres que par de beau linge ou par une riche étoffe ; l'on ne refuse pas toujours d'être estimé à ce prix. Il y a des endroits où il faut se faire voir : un galon d'or plus large ou plus étroit vous fait entrer ou refuser.

83. – On est prompt à connaître ses plus petits avantages, et lent à pénétrer ses défauts. On n'ignore point qu'on a de beaux sourcils, les ongles bien faits ; on sait à peine que l'on est borgne ; on ne sait point du tout que l'on manque d'esprit.

Argyre tire son gant pour montrer une belle main, et elle ne néglige pas de découvrir un petit soulier qui suppose qu'elle a le pied petit ; elle rit des choses plaisantes ou sérieuses pour faire voir de belles dents ; si elle montre son oreille, c'est qu'elle l'a bien faite ; et si elle ne danse jamais, c'est qu'elle est peu contente de sa taille, qu'elle a épaisse. Elle entend[1] tous ses intérêts, à l'exception d'un seul : elle parle toujours, et n'a point d'esprit.

105. – *Géronte* meurt de caducité[2], et sans avoir fait ce testament qu'il projetait depuis trente années : dix têtes viennent *ab intestat*[3] partager sa succession. Il ne vivait depuis longtemps que par les soins d'*Astérie*, sa femme, qui jeune encore s'était dévouée à sa personne, ne le perdait pas de vue, secourait sa vieillesse, et lui a enfin fermé les yeux. Il ne lui laisse pas assez de bien pour pouvoir se passer pour vivre d'un autre vieillard.

123. – *Ruffin* commence à grisonner ; mais il est sain, il a un visage frais et un œil vif qui lui promettent encore vingt années de vie ; il est gai, jovial, familier, indifférent ; il rit de tout son cœur, et il rit tout seul et sans sujet : il est content de soi, des siens, de sa petite fortune ; il dit qu'il est heureux. Il perd son fils

1. ***Entend*** : voir note 1, p. 44.
2. ***Caducité*** : vieillesse.
3. ***Ab intestat*** : en l'absence de testament.

unique, jeune homme de grande espérance, et qui pouvait un jour être l'honneur de sa famille; il remet sur d'autres le soin de le pleurer; il dit: «Mon fils est mort, cela fera mourir sa mère»; et il est consolé. Il n'a point de passions, il n'a amis ni ennemis, personne ne l'embarrasse, tout le monde lui convient, tout lui est propre[1]; il parle à celui qu'il voit une première fois avec la même liberté et la même confiance qu'à ceux qu'il appelle de vieux amis, et il lui fait part bientôt de *ses quolibets*[2] et de ses historiettes. On l'aborde, on le quitte sans qu'il y fasse attention, et le même conte qu'il a commencé de faire à quelqu'un, il l'achève à celui qui prend sa place.

124. – N** est moins affaibli par l'âge que par la maladie, car il ne passe point soixante-huit ans; mais il a la goutte[3], et il est sujet à une colique néphrétique; il a le visage décharné, le teint verdâtre, et qui menace ruine[4]: il fait marner sa terre[5], et il compte que de quinze ans entiers il ne sera obligé de la fumer[6]; il plante un jeune bois, et il espère qu'en moins de vingt années il lui donnera un beau couvert[7], il fait bâtir dans la rue une maison de pierre de taille, raffermie dans les encoignures par des mains de fer, et dont il assure, en toussant et avec une voix frêle et débile, qu'on ne verra jamais la fin; il se promène tous les jours dans ses ateliers sur le bras d'un valet qui le soulage; il montre à ses amis ce qu'il a fait, et il leur dit ce qu'il a dessein de faire. Ce n'est pas pour ses enfants qu'il bâtit car il n'en a point, ni pour ses héritiers, personnes viles et qui se sont brouillées avec lui: c'est pour lui seul, et il mourra demain.

---

1. ***Propre***: bon.
2. ***Quolibets***: plaisanteries.
3. ***Goutte***: affection caractérisée par des poussées inflammatoires douloureuses autour des articulations.
4. ***Qui menace ruine***: au sens propre, qui risque de tomber en ruine.
5. ***Il fait marner sa terre***: il améliore, enrichit sa terre avec de la marne, mélange naturel d'argile et de calcaire.
6. ***Fumer***: enrichir la terre en y épandant du fumier.
7. ***Un beau couvert***: un bel ombrage.

127. – Il faut des saisies de terre et des enlèvements de meubles, des prisons et des supplices, je l'avoue ; mais justice, lois et besoins à part, ce m'est une chose toujours nouvelle [1] de contempler avec quelle férocité les hommes traitent d'autres hommes.

128. – L'on voit certains animaux farouches, des mâles et des femelles, répandus par la campagne, noirs, livides et tout brûlés du soleil, attachés à la terre qu'ils fouillent et qu'ils remuent avec une opiniâtreté invincible ; ils ont comme une voix articulée, et quand ils se lèvent sur leurs pieds, ils montrent une face humaine, et en effet ils sont des hommes. Ils se retirent la nuit dans des tanières, où ils vivent de pain noir, d'eau et de racines ; ils épargnent aux autres hommes la peine de semer, de labourer et de recueillir [2] pour vivre, et méritent ainsi de ne pas manquer de ce pain qu'ils ont semé.

129. – *Don Fernand*, dans sa province, est oisif, ignorant, médisant, querelleur, fourbe, intempérant, impertinent ; mais il tire l'épée contre ses voisins, et pour un rien il expose sa vie ; il a tué des hommes, il sera tué.

130. – Le noble de province, inutile à sa patrie, à sa famille et à lui-même, souvent sans toit, sans habits et sans aucun mérite, répète dix fois le jour qu'il est gentilhomme, traite les fourrures [3] et les mortiers [4] de bourgeoisie, occupé toute sa vie de ses parchemins et de ses titres, qu'il ne changerait pas contre les masses [5] d'un chancelier.

---

1. ***Nouvelle*** : surprenante.
2. ***Recueillir*** : récolter.
3. ***Fourrures*** : ici, docteurs d'université qui portaient un vêtement doublé de fourrure lors des cérémonies.
4. ***Mortiers*** : magistrats, désignés ici par leur bonnet.
5. ***Masses*** : bâtons à tête garnie d'argent qu'on portait, dans les cérémonies, devant le chancelier de France, fonctionnaire royal qui avait la garde du sceau de France. Ces bâtons symbolisaient le pouvoir.

131. – Il se fait généralement dans tous les hommes des combinaisons infinies de la puissance, de la faveur, du génie, des richesses, des dignités, de la noblesse, de la force, de l'industrie, de la capacité, de la vertu, du vice, de la faiblesse, de la stupidité, de la pauvreté, de l'impuissance, de la roture[1] et de la bassesse. Ces choses, mêlées ensemble en mille manières différentes, et compensées l'une par l'autre en divers sujets, forment aussi les divers états et les différentes conditions. Les hommes d'ailleurs, qui tous savent le fort et le faible les uns des autres, agissent aussi réciproquement comme ils croient le devoir faire, connaissent ceux qui leur sont égaux, sentent la supériorité que quelques-uns ont sur eux, et celle qu'ils ont sur quelques autres ; et de là naissent entre eux ou la familiarité, ou le respect et la déférence[2], ou la fierté et le mépris. De cette source vient que dans les endroits publics et où le monde se rassemble, on se trouve à tous moments entre celui que l'on cherche à aborder ou à saluer, et cet autre que l'on feint de ne pas connaître, et dont l'on veut encore moins se laisser joindre ; que l'on se fait honneur de l'un, et qu'on a honte de l'autre ; qu'il arrive même que celui dont vous vous faites honneur, et que vous voulez retenir, est celui aussi qui est embarrassé de vous, et qui vous quitte ; et que le même est souvent celui qui rougit d'autrui, et dont on rougit, qui dédaigne ici, et qui là est dédaigné. Il est encore assez ordinaire de mépriser qui nous méprise. Quelle misère ! et puisqu'il est vrai que dans un si étrange commerce, ce que l'on pense gagner d'un côté on le perd de l'autre, ne reviendrait-il pas au même de renoncer à toute hauteur et à toute fierté, qui convient si peu aux faibles hommes, et de composer ensemble, de se traiter tous avec une mutuelle bonté, qui, avec l'avantage de n'être jamais mortifiés, nous procurerait un aussi grand bien que celui de ne mortifier personne ?

---

1. ***Roture*** : absence de noblesse.
2. ***Déférence*** : considération.

140. – La différence d'un homme qui se revêt d'un caractère étranger à lui-même, quand il rentre dans le sien, est celle d'un masque à un visage.

141. – *Télèphe* a de l'esprit, mais dix fois moins, de compte fait[1], qu'il ne présume d'en avoir : il est donc, dans ce qu'il dit, dans ce qu'il fait, dans ce qu'il médite et ce qu'il projette, dix fois au-delà de ce qu'il a d'esprit ; il n'est donc jamais dans ce qu'il a de force et d'étendue : ce raisonnement est juste. Il a comme une barrière qui le ferme, et qui devrait l'avertir de s'arrêter en deçà ; mais il passe outre, il se jette hors de sa sphère ; il trouve lui-même son endroit faible, et se montre par cet endroit ; il parle de ce qu'il ne sait point, et de ce qu'il sait mal ; il entreprend au-dessus de son pouvoir, il désire au-delà de sa portée ; il s'égale à ce qu'il y a de meilleur en tout genre. Il a du bon et du louable, qu'il offusque[2] par l'affectation du grand ou du merveilleux ; on voit clairement ce qu'il n'est pas, et il faut deviner ce qu'il est en effet[3]. C'est un homme qui ne se mesure point, qui ne se connaît point ; son caractère est de ne savoir pas se renfermer dans celui qui lui est propre et qui est le sien.

142. – L'homme du meilleur esprit est inégal ; il souffre des accroissements et des diminutions ; il entre en verve, mais il en sort : alors, s'il est sage, il parle peu, il n'écrit point, il ne cherche point à imaginer ni à plaire. Chante-t-on avec un rhume ? ne faut-il pas attendre que la voix revienne ?

Le sot est *automate*, il est machine, il est ressort ; le poids l'emporte, le fait mouvoir, le fait tourner, et toujours, et dans le même sens, et avec la même égalité ; il est uniforme, il ne se

---

1. ***De compte fait*** : tout compte fait.
2. ***Offusque*** : masque.
3. ***En effet*** : en réalité.

dément point : qui l'a vu une fois, l'a vu dans tous les instants et dans toutes les périodes de sa vie ; c'est tout au plus le bœuf qui meugle, ou le merle qui siffle : il est fixé et déterminé par sa nature, et j'ose dire par son espèce. Ce qui paraît le moins en lui, c'est son âme ; elle n'agit point, elle ne s'exerce point, elle se repose.

147. – Les hommes n'ont point de caractères, ou s'ils en ont, c'est celui de n'en avoir aucun qui soit suivi, qui ne se démente point, et où ils soient reconnaissables. Ils souffrent beaucoup à être toujours les mêmes, à persévérer dans la règle ou dans le désordre ; et s'ils se délassent quelquefois d'une vertu par une autre vertu, ils se dégoûtent plus souvent d'un vice par un autre vice. Ils ont des passions contraires et des faibles [1] qui se contredisent ; il leur coûte moins de joindre les extrémités que d'avoir une conduite dont une partie naisse de l'autre. Ennemis de la modération, ils outrent toutes choses, les bonnes et les mauvaises, dont ne pouvant ensuite supporter l'excès, ils l'adoucissent par le changement. *Adraste* était si corrompu et si libertin [2], qu'il lui a été moins difficile de suivre la mode et se faire dévot [3] : il lui eût coûté davantage d'être homme de bien.

156. – La raison tient de la vérité, elle est une ; l'on n'y arrive que par un chemin, et l'on s'en écarte par mille. L'étude de la sagesse a moins d'étendue que celle que l'on ferait des sots et des impertinents. Celui qui n'a vu que des hommes polis et raisonnables, ou ne connaît pas l'homme, ou ne le connaît qu'à demi : quelque diversité qui se trouve dans les complexions ou dans les mœurs, le commerce du monde et la politesse donnent les mêmes apparences, font qu'on se ressemble les uns aux autres par des dehors qui plaisent réciproquement, qui semblent communs à

1. ***Faibles*** : défauts.
2. ***Libertin*** : voir note 5, p. 84.
3. ***Dévot*** : pieux, fervent croyant pratiquant.

tous, et qui font croire qu'il n'y a rien ailleurs qui ne s'y rapporte. Celui au contraire qui se jette dans le peuple ou dans la province y fait bientôt, s'il a des yeux, d'étranges découvertes, y voit des choses qui lui sont nouvelles, dont il ne se doutait pas, dont il ne pouvait avoir le moindre soupçon : il avance par des expériences continuelles dans la connaissance de l'humanité ; il calcule presque en combien de manières différentes l'homme peut être insupportable.

XII. Des jugements

10. – Le commun des hommes est si enclin au dérèglement et à la bagatelle[1], et le monde est si plein d'exemples ou pernicieux[2] ou ridicules, que je croirais assez que l'esprit de singularité, s'il pouvait avoir ses bornes et ne pas aller trop loin, approcherait fort de la droite raison et d'une conduite régulière.

« Il faut faire comme les autres » : maxime suspecte, qui signifie presque toujours : « il faut mal faire » dès qu'on l'étend au-delà de ces choses purement extérieures, qui n'ont point de suite, qui dépendent de l'usage, de la mode ou des bienséances.

21. – Qu'on ne me parle jamais d'encre, de papier, de plume, de style, d'imprimeur, d'imprimerie, qu'on ne se hasarde plus de me dire : « Vous écrivez si bien, *Antisthène* ! continuez d'écrire ; ne verrons-nous point de vous un *in-folio*[3] ? traitez de toutes les vertus et de tous les vices dans un ouvrage suivi, méthodique, qui

1. ***Bagatelle*** : futilité.
2. ***Pernicieux*** : dangereux.
3. ***In-folio*** : ici, désigne un ouvrage grand format (dont la feuille d'impression est pliée en deux, formant quatre pages).

n'ait point de fin» ; ils devraient ajouter : «et nul cours [1]». Je renonce à tout ce qui a été, qui est et qui sera livre. *Bérylle* tombe en syncope à la vue d'un chat, et moi à la vue d'un livre. Suis-je mieux nourri et plus lourdement vêtu, suis-je dans ma chambre à l'abri du nord, ai-je un lit de plumes, après vingt ans entiers qu'on me débite dans la place [2] ? J'ai un grand nom, dites-vous, et beaucoup de gloire : dites que j'ai beaucoup de vent qui ne sert à rien. Ai-je un grain [3] de ce métal qui procure toutes choses ? Le vil praticien [4] grossit son mémoire [5], se fait rembourser des frais qu'il n'avance pas, et il a pour gendre un comte ou un magistrat. Un homme *rouge* ou *feuille-morte* [6] devient commis, et bientôt plus riche que son maître ; il le laisse dans la roture, et avec de l'argent il devient noble. B** [7] s'enrichit à montrer dans un cercle [8] des marionnettes ; BB** [9] à vendre en bouteille l'eau de la rivière. Un autre charlatan [10] arrive ici de delà les monts avec une malle ; il n'est pas déchargé [11] que les pensions [12] courent, et il est prêt de retourner d'où il arrive avec des mulets et des fourgons. *Mercure* est *Mercure*, et rien davantage, et l'or ne peut payer ses médiations et ses intrigues : on y ajoute la faveur et les distinctions. Et sans parler que des gains licites, on paye au tuilier sa tuile, et à l'ouvrier son temps et son ouvrage ; paye-t-on à un auteur ce qu'il

1. ***Nul cours*** : aucun succès.
2. ***Qu'on me débite dans la place*** : qu'on vend mes ouvrages.
3. ***Un grain*** : un gramme.
4. ***Vil praticien*** : médecin quelconque.
5. ***Mémoire*** : ici, feuilles où le médecin consigne les sommes qui lui sont dues.
6. Le laquais, le domestique portait une livrée aux couleurs de son maître.
7. Allusion à Brioché, célèbre montreur de marionnettes au XVIIe siècle.
8. ***Dans un cercle*** : à un public choisi.
9. Selon les clefs contemporaines, allusion à un certain Barbereau, qui vendait de l'eau de la Seine pour de l'eau minérale.
10. Allusion à Carret ou Carette / Caretto / Carreti, guérisseur florentin qui séjourna plusieurs années à la cour. Voir également XIV, 68, p. 149.
11. ***Il n'est pas déchargé*** : il n'a pas déchargé sa malle.
12. ***Pensions*** : allocations, versements réguliers que lui font ses clients.

pense et ce qu'il écrit ? et s'il pense très bien, le paye-t-on très largement ? Se meuble-t-il, s'anoblit-il à force de penser et d'écrire juste ? Il faut que les hommes soient habillés, qu'ils soient rasés ; il faut que retirés dans leurs maisons, ils aient une porte qui ferme bien : est-il nécessaire qu'ils soient instruits ? Folie, simplicité, imbécillité, continue Antisthène, de mettre l'enseigne d'auteur ou de philosophe ! Avoir, s'il se peut, un *office lucratif*[1], qui rende la vie aimable, qui fasse prêter à ses amis, et donner à ceux qui ne peuvent rendre ; écrire alors par jeu, par oisiveté, et comme *Tityre*[2] siffle ou joue de la flûte ; cela ou rien ; j'écris à ces conditions, et je cède ainsi à la violence de ceux qui me prennent à la gorge, et me disent : « Vous écrirez. » Ils liront pour titre de mon nouveau livre : DU BEAU, DU BON, DU VRAI, DES IDÉES, DU PREMIER PRINCIPE, *par Antisthène*[3], *vendeur de marée*[4].

27. – Il ne faut pas juger des hommes comme d'un tableau ou d'une figure, sur une seule et première vue : il y a un intérieur et un cœur qu'il faut approfondir. Le voile de la modestie couvre le mérite, et le masque de l'hypocrisie cache la malignité. Il n'y a qu'un très petit nombre de connaisseurs qui discerne, et qui soit en droit de prononcer[5] ; ce n'est que peu à peu, et forcés même par le temps et les occasions, que la vertu parfaite et le vice consommé viennent enfin à se déclarer.

34. – Combien d'art pour rentrer dans la nature[6] ! combien de temps, de règles, d'attention et de travail pour danser avec la

---

1. ***Office lucratif*** : fonction qui procure du gain, des bénéfices.
2. ***Tityre*** : nom du berger de la première des *Bucoliques* de Virgile.
3. ***Antisthène*** : nom du philosophe grec fondateur de l'école cynique (v. 444-v. 365 av. J.-C.).
4. ***Vendeur de marée*** : poissonnier.
5. ***Prononcer*** : se prononcer, donner son opinion, juger.
6. ***Combien d'art pour rentrer dans la nature !*** : que de travail pour obtenir une simplicité, une fluidité naturelle ! Une grande partie de l'esthétique de La Bruyère est définie dans cette remarque.

même liberté et la même grâce que l'on sait marcher ; pour chanter comme on parle ; parler et s'exprimer comme l'on pense ; jeter autant de force, de vivacité, de passion et de persuasion dans un discours étudié et que l'on prononce dans le public, qu'on en a quelquefois naturellement et sans préparation dans les entretiens les plus familiers !

35. – Ceux qui, sans nous connaître assez, pensent mal de nous, ne nous font pas de tort : ce n'est pas nous qu'ils attaquent, c'est le fantôme de leur imagination.

42. – La règle de DESCARTES, qui ne veut pas qu'on décide sur les moindres vérités avant qu'elles soient connues clairement et distinctement [1], est assez belle et assez juste pour devoir s'étendre au jugement que l'on fait des personnes.

43. – Rien ne nous venge mieux des mauvais jugements que les hommes font de notre esprit, de nos mœurs et de nos manières, que l'indignité et le mauvais caractère de ceux qu'ils approuvent.

Du même fonds dont on néglige un homme de mérite, l'on sait encore admirer un sot.

44. – Un sot est celui qui n'a pas même ce qu'il faut d'esprit pour être fat.

45. – Un fat est celui que les sots croient un homme de mérite.

46. – L'impertinent est un fat outré. Le fat lasse, ennuie, dégoûte, rebute ; l'impertinent rebute, aigrit, irrite, offense : il commence où l'autre finit.

---

1. Il s'agit du premier précepte de la deuxième partie du *Discours de la méthode* (1637) de Descartes : « [...] ne recevoir jamais aucune chose pour vraie, que je ne la connusse évidemment être telle [...] et ne comprendre rien de plus en mes jugements, que ce qui se présenterait si clairement et si distinctement à mon esprit que je n'eusse aucune occasion de le mettre en doute. »

Le fat est entre l'impertinent et le sot : il est composé de l'un et de l'autre.

47. – Les vices partent d'une dépravation du cœur ; les défauts, d'un vice de tempérament ; le ridicule, d'un défaut d'esprit.

L'homme ridicule est celui qui, tant qu'il demeure tel, a les apparences du sot.

Le sot ne se tire jamais du ridicule, c'est son caractère ; l'on y entre quelquefois avec de l'esprit, mais l'on en sort.

Une erreur de fait jette un homme sage dans le ridicule.

La sottise est dans le sot, la fatuité dans le fat, et l'impertinence dans l'impertinent ; il semble que le ridicule réside tantôt dans celui qui en effet est ridicule ; et tantôt dans l'imagination de ceux qui croient voir le ridicule où il n'est point et ne peut être.

48. – La grossièreté, la rusticité, la brutalité peuvent être les vices d'un homme d'esprit.

49. – Le stupide est un sot qui ne parle point, en cela plus supportable que le sot qui parle.

50. – La même chose souvent est, dans la bouche d'un homme d'esprit, une naïveté ou un bon mot, et dans celle d'un sot, une sottise.

57. – Après l'esprit de discernement, ce qu'il y a au monde de plus rare, ce sont les diamants et les perles.

66. – On a dit de SOCRATE qu'il était en délire, et que c'était un fou tout plein d'esprit[1] ; mais ceux des Grecs qui parlaient ainsi d'un homme si sage passaient pour fous. Ils disaient : « Quels bizarres portraits nous fait ce philosophe ! quelles mœurs étranges

1. Ces reproches adressés à Socrate sont inventés par l'auteur.

et particulières [1] ne décrit-il point ! où a-t-il rêvé, creusé, rassemblé des idées si extraordinaires ? quelles couleurs ! quel pinceau ! ce sont des chimères [2]. » Ils se trompaient : c'étaient des monstres, c'étaient des vices, mais peints au naturel ; on croyait les voir, ils faisaient peur. Socrate s'éloignait du cynique ; il épargnait les personnes, et blâmait les mœurs qui étaient mauvaises.

67. – Celui qui est riche par son savoir-faire connaît un philosophe, ses préceptes, sa morale et sa conduite, et n'imaginant pas dans tous les hommes une autre fin de toutes leurs actions que celle qu'il s'est proposée lui-même toute sa vie, dit en son cœur : « Je le plains, je le tiens échoué, ce rigide censeur ; il s'égare, et il est hors de route ; ce n'est pas ainsi qu'on prend le vent et que l'on arrive au délicieux port de la fortune » ; et selon ses principes il raisonne juste.

« Je pardonne, dit *Antisthius*, à ceux que j'ai loués dans mon ouvrage s'ils m'oublient : qu'ai-je fait pour eux ? ils étaient louables. Je le pardonnerais moins à tous ceux dont j'ai attaqué les vices sans toucher à leurs personnes, s'ils me devaient un aussi grand bien que celui d'être corrigés ; mais comme c'est un événement qu'on ne voit point, il suit de là que ni les uns ni les autres ne sont tenus de me faire du bien. [...] »

70. – C'est abréger et s'épargner mille discussions, que de penser de certaines gens qu'ils sont incapables de parler juste, et de condamner ce qu'ils disent, ce qu'ils ont dit, et ce qu'ils diront.

102. – Il y a des créatures de Dieu qu'on appelle des hommes, qui ont une âme qui est esprit, dont toute la vie est occupée et toute l'attention est réunie à scier du marbre : cela est bien simple, c'est bien peu de chose. Il y en a d'autres qui s'en étonnent, mais qui

1. ***Particulières*** : extraordinaires.
2. ***Chimères*** : ici, inventions.

sont entièrement inutiles, et qui passent les jours à ne rien faire : c'est encore moins que de scier du marbre.

103. – La plupart des hommes oublient si fort qu'ils ont une âme, et se répandent en tant d'actions et d'exercices où il semble qu'elle est inutile, que l'on croit parler avantageusement de quelqu'un en disant qu'il pense ; cet éloge même est devenu vulgaire, qui pourtant ne met cet homme qu'au-dessus du chien ou du cheval.

104. – « À quoi vous divertissez-vous ? à quoi passez-vous le temps ? » vous demandent les sots et les gens d'esprit. Si je réplique que c'est à ouvrir les yeux et à voir, à prêter l'oreille et à entendre, à avoir la santé, le repos, la liberté, ce n'est rien dire. Les solides biens, les grands biens, les seuls biens ne sont pas comptés, ne se font pas sentir. Jouez-vous ? masquez-vous [1] ? il faut répondre.

Est-ce un bien pour l'homme que la liberté, si elle peut être trop grande et trop étendue, telle enfin qu'elle ne serve qu'à lui faire désirer quelque chose, qui est d'avoir moins de liberté ?

La liberté n'est pas oisiveté ; c'est un usage libre du temps ; c'est le choix du travail et de l'exercice. Être libre en un mot n'est pas ne rien faire, c'est être seul arbitre de ce qu'on fait ou de ce qu'on ne fait point. Quel bien en ce sens que la liberté !

105. – CÉSAR n'était point trop vieux pour penser à la conquête de l'univers ; il n'avait point d'autre béatitude à se faire que le cours d'une belle vie, et un grand nom après sa mort ; né fier, ambitieux, et se portant bien comme il faisait, il ne pouvait mieux employer son temps qu'à conquérir le monde. ALEXANDRE était bien jeune pour un dessein si sérieux : il est étonnant que dans ce premier âge les femmes ou le vin n'aient plus tôt rompu son entreprise.

1. ***Masquez-vous ?*** : allez-vous dans des bals masqués ?

106. – UN JEUNE PRINCE[1], D'UNE RACE AUGUSTE. L'AMOUR ET L'ESPÉRANCE DES PEUPLES. DONNÉ DU CIEL POUR PROLONGER LA FÉLICITÉ DE LA TERRE. PLUS GRAND QUE SES AÏEUX. FILS D'UN HÉROS QUI EST SON MODÈLE, A DÉJÀ MONTRÉ À L'UNIVERS PAR SES DIVINES QUALITÉS, ET PAR UNE VERTU ANTICIPÉE[2], QUE LES ENFANTS DES HÉROS SONT PLUS PROCHES DE L'ÊTRE QUE LES AUTRES HOMMES[3].

107. – Si le monde dure seulement cent millions d'années, il est encore dans toute sa fraîcheur, et ne fait presque que commencer ; nous-mêmes nous touchons[4] aux premiers hommes et aux patriarches, et qui pourra ne nous pas confondre avec eux dans des siècles si reculés ? Mais si l'on juge par le passé de l'avenir, quelles choses nouvelles nous sont inconnues dans les arts, dans les sciences, dans la nature, et j'ose dire dans l'histoire ! quelles découvertes ne fera-t-on point ! quelles différentes révolutions ne doivent pas arriver sur toute la face de la terre, dans les États et dans les empires ! quelle ignorance est la nôtre ! et quelle légère expérience que celle de six ou sept mille ans !

119. – « Petits hommes, hauts de six pieds[5], tout au plus de sept, qui vous enfermez aux foires comme géants et comme des pièces[6] rares dont il faut acheter la vue, dès que vous allez jusques à huit pieds ; qui vous donnez sans pudeur de la *hautesse*[7] et de

---

1. ***Un jeune Prince*** : le fils aîné de Louis XIV, Louis de France (1661-1711), dit le Grand Dauphin, héritier du trône.
2. Le Grand Dauphin s'était en effet illustré, en 1688, dans l'armée du Rhin.
3. Contre la maxime latine et triviale (note de La Bruyère). Allusion à l'adage latin *Filii heroum noxæ*, « les fils des héros sont des calamités pour leurs pères » (parce qu'ils ont tendance à dégénérer).
4. ***Nous touchons*** : nous appartenons.
5. ***Six pieds*** : près de 2 mètres, le pied étant une ancienne unité de mesure de longueur valant environ 32 centimètres.
6. ***Pièces*** : curiosités.
7. ***Hautesse*** : titre honorifique qu'on donnait autrefois à certains hauts personnages, et en particulier au sultan de Turquie.

l'*éminence*[1], qui est tout ce que l'on pourrait accorder à ces montagnes voisines du ciel et qui voient les nuages se former au-dessous d'elles ; espèce d'animaux glorieux[2] et superbes[3], qui méprisez toute autre espèce, qui ne faites pas même comparaison avec[4] l'éléphant et la baleine ; approchez, hommes, répondez un peu à *Démocrite*. Ne dites-vous pas en commun proverbe[5] : *des loups ravissants*[6], *des lions furieux, malicieux comme un singe* ? Et vous autres, qui êtes-vous ? J'entends corner[7] sans cesse à mes oreilles : *L'homme est un animal raisonnable*. Qui vous a passé[8] cette définition ? sont-ce les loups, les singes et les lions, ou si vous vous l'êtes accordée à vous-mêmes ? C'est déjà une chose plaisante que vous donniez aux animaux, vos confrères, ce qu'il y a de pire, pour prendre pour vous ce qu'il y a de meilleur. Laissez-les un peu se définir eux-mêmes, et vous verrez comme ils s'oublieront et comme vous serez traités. Je ne parle point, ô hommes, de vos légèretés, de vos folies et de vos caprices, qui vous mettent au-dessous de la taupe et de la tortue, qui vont sagement leur petit train, et qui suivent sans varier l'instinct de leur nature ; mais écoutez-moi un moment. Vous dites d'un tiercelet de faucon[9] qui est fort léger, et qui fait une belle descente sur la perdrix : "Voilà un bon oiseau" ; et d'un lévrier qui prend un lièvre corps à corps : "C'est un bon lévrier." Je consens aussi que vous disiez d'un homme qui court le sanglier, qui le met aux abois, qui l'atteint et qui le perce : "Voilà un brave

1. ***Éminence*** : titre honorifique qu'on donne aux cardinaux.
2. ***Glorieux*** : vaniteux.
3. ***Superbes*** : orgueilleux.
4. ***Qui ne faites pas même comparaison avec*** : qui refusez même d'être comparés à.
5. ***Ne dites-vous pas en commun proverbe* [...] *?*** : n'utilisez-vous pas en commun proverbe ?
6. ***Ravissants*** : qui ravissent, tels des rapaces.
7. ***Corner*** : claironner (au sens propre, « sonner d'une corne », « d'une trompe »).
8. ***Passé*** : autorisé.
9. ***D'un tiercelet de faucon*** : d'un faucon mâle. Le mâle est d'un tiers plus petit que la femelle.

homme[1].” Mais si vous voyez deux chiens qui s’aboient, qui s’affrontent, qui se mordent et se déchirent, vous dites : “Voilà de sots animaux” ; et vous prenez un bâton pour les séparer. Que si l’on vous disait que tous les chats d’un grand pays se sont assemblés par milliers dans une plaine, et qu’après avoir miaulé tout leur soûl, ils se sont jetés avec fureur les uns sur les autres, et ont joué ensemble de la dent et de la griffe ; que de cette mêlée il est demeuré de part et d’autre neuf à dix mille chats sur la place[2], qui ont infecté l’air à dix lieues[3] de là par leur puanteur, ne diriez-vous pas : “Voilà le plus abominable *sabbat* dont on ait jamais ouï parler ?” Et si les loups en faisaient de même : “Quels hurlements ! quelle boucherie !” Et si les uns ou les autres vous disaient qu’ils aiment la gloire, concluriez-vous[4] de ce discours qu’ils la mettent à se trouver à ce beau rendez-vous à détruire ainsi et à anéantir leur propre espèce ? ou après l’avoir conclu, ne ririez-vous pas de tout votre cœur de l’ingénuité[5] de ces pauvres bêtes ? Vous avez déjà, en animaux raisonnables, et pour vous distinguer de ceux qui ne se servent que de leurs dents et de leurs ongles, imaginé les lances, les piques, les dards, les sabres et les cimeterres[6], et à mon gré fort judicieusement ; car avec vos seules mains que pouviez-vous vous faire les uns aux autres, que vous arracher les cheveux, vous égratigner au visage, ou tout au plus vous arracher les yeux de la tête ? au lieu que vous voilà munis d’instruments commodes, qui vous servent à vous faire réciproquement de larges plaies d’où peut couler votre sang jusqu’à la dernière goutte, sans que vous puissiez craindre d’en échapper. Mais comme vous devenez d’année à autre plus raisonnables, vous avez bien enchéri sur[7] cette vieille manière de vous exterminer : vous avez de petits globes qui

1. ***Un brave homme*** : un homme courageux.
2. ***La place*** : le champ de bataille.
3. ***Dix lieues*** : 40 kilomètres (c’est ici la lieue courante, qui faisait environ 4 kilomètres).
4. ***Concluriez-vous*** : vous serait-il possible de conclure.
5. ***Ingénuité*** : naïveté.
6. ***Cimeterres*** : sabres orientaux à lame large et recourbée.
7. ***Enchéri sur*** : fait des progrès par rapport à.

vous tuent tout d'un coup, s'ils peuvent seulement vous atteindre à la tête ou à la poitrine ; vous en avez d'autres, plus pesants et plus massifs, qui vous coupent en deux parts ou qui vous éventrent, sans compter ceux qui tombant sur vos toits, enfoncent les planchers, vont du grenier à la cave, en enlèvent les voûtes, et font sauter en l'air, avec vos maisons, vos femmes qui sont en couche, l'enfant et la nourrice : et c'est là encore où *gît* la gloire ; elle aime le *remue-ménage* [...]. »

XIII. De la mode

2. – La curiosité n'est pas un goût pour ce qui est bon ou ce qui est beau, mais pour ce qui est rare, unique, pour ce qu'on a et ce que les autres n'ont point. Ce n'est pas un attachement à ce qui est parfait, mais à ce qui est couru, à ce qui est à la mode. Ce n'est pas un amusement, mais une passion, et souvent si violente, qu'elle ne cède à l'amour et à l'ambition que par la petitesse de son objet. Ce n'est pas une passion qu'on a généralement pour les choses rares et qui ont cours, mais qu'on a seulement pour une certaine chose, qui est rare, et pourtant à la mode.

Le fleuriste [1] a un jardin dans un faubourg : il y court au lever du soleil, et il en revient à son coucher. Vous le voyez planté, et qui a pris racine au milieu de ses tulipes et devant la *Solitaire* : il ouvre de grands yeux, il frotte ses mains, il se baisse, il la voit de plus près, il ne l'a jamais vue si belle, il a le cœur épanoui de joie ; il la quitte pour l'*Orientale*, de là il va à la *Veuve*, il passe au *Drap d'or*, de celle-ci à l'*Agathe* [2], d'où il revient enfin à la *Solitaire*, où il se fixe, où il se lasse,

1. ***Fleuriste*** : celui qui cultive les fleurs par plaisir.

2. La *Solitaire*, l'*Orientale*, la *Veuve*, le *Drap d'or* et l'*Agathe* sont des variétés de tulipes.

où il s'assoit, où il oublie de dîner : aussi est-elle nuancée, bordée, huilée [1], à pièces emportées [2] ; elle a un beau vase ou un beau calice : il la contemple, il l'admire. Dieu et la nature sont en tout cela ce qu'il n'admire point ; il ne va pas plus loin que l'oignon de sa tulipe, qu'il ne livrerait pas pour mille écus, et qu'il donnera pour rien quand les tulipes seront négligées et que les œillets auront prévalu. Cet homme raisonnable, qui a une âme, qui a un culte et une religion, revient chez soi fatigué, affamé, mais fort content de sa journée : il a vu des tulipes.

Parlez à cet autre de la richesse des moissons, d'une ample récolte, d'une bonne vendange : il est curieux de fruits ; vous n'articulez pas, vous ne vous faites pas entendre. Parlez-lui de figues et de melons, dites que les poiriers rompent de fruit cette année, que les pêchers ont donné avec abondance ; c'est pour lui un idiome inconnu : il s'attache aux seuls pruniers, il ne vous répond pas. Ne l'entretenez pas même de vos pruniers : il n'a de l'amour que pour une certaine espèce, toute autre que vous lui nommez le fait sourire et se moquer. Il vous mène à l'arbre, cueille artistement [3] cette prune exquise ; il l'ouvre, vous en donne une moitié, et prend l'autre : « Quelle chair ! dit-il ; goûtez-vous cela [4] ? cela est-il divin ? voilà ce que vous ne trouverez pas ailleurs. » Et là-dessus ses narines s'enflent ; il cache avec peine sa joie et sa vanité par quelques dehors de modestie. Ô l'homme divin en effet ! homme qu'on ne peut jamais assez louer et admirer ! homme dont il sera parlé dans plusieurs siècles ! que je voie sa taille et son visage pendant qu'il vit ; que j'observe les traits et la contenance d'un homme qui seul entre les mortels possède une telle prune !

Un troisième que vous allez voir vous parle des curieux ses confrères, et surtout de *Diognète*. « Je l'admire [5], dit-il, et je le comprends moins que jamais. Pensez-vous qu'il cherche à s'instruire

1. ***Huilée*** : luisante, comme imbibée d'huile.
2. ***À pièces emportées*** : découpée.
3. ***Artistement*** : avec art, avec habileté.
4. ***Goûtez-vous cela ?*** : aimez-vous cela ?
5. ***Je l'admire*** : je le considère avec étonnement.

par des médailles [1], et qu'il les regarde comme des preuves parlantes de certains faits, et des monuments fixes et indubitables de l'ancienne histoire ? rien moins. Vous croyez peut-être que toute la peine qu'il se donne pour recouvrer une *tête* [2] vient du plaisir qu'il se fait de ne voir pas une suite d'empereurs interrompue ? c'est encore moins. Diognète sait d'une médaille le *fruste* [3], le *flou*, et la *fleur de coin* [4] ; il a une tablette [5] dont toutes les places sont garnies à l'exception d'une seule : ce vide lui blesse la vue, et c'est précisément et à la lettre pour le remplir qu'il emploie son bien et sa vie. […]

Diphile commence par un oiseau et finit par mille : sa maison n'en est pas égayée, mais empestée. La cour, la salle, l'escalier, le vestibule, les chambres, le cabinet, tout est volière ; ce n'est plus un ramage, c'est un vacarme : les vents d'automne et les eaux dans leurs plus grandes crues ne font pas un bruit si perçant et si aigu ; on ne s'entend non plus parler les uns les autres que dans ces chambres où il faut attendre, pour faire le compliment d'entrée, que les petits chiens aient aboyé. Ce n'est plus pour Diphile un agréable amusement, c'est une affaire laborieuse, et à laquelle à peine [6] il peut suffire. Il passe les jours, ces jours qui échappent et qui ne reviennent plus, à verser du grain et à nettoyer des ordures. Il donne pension [7] à un homme qui n'a point d'autre ministère [8] que de siffler des serins [9] au flageolet [10] et de faire couver des

---

1. ***Médailles*** : pièces, monnaies de collection.
2. ***Tête*** : figure représentée sur une des deux faces d'une pièce de monnaie.
3. ***Le fruste*** : se dit d'une médaille dont on ne peut plus reconnaître la figure ou les caractères.
4. ***La fleur de coin*** : se dit d'une médaille dont l'empreinte est parfaitement conservée.
5. ***Une tablette*** : un présentoir.
6. ***À peine*** : avec peine, avec souffrance.
7. ***Il donne pension*** : il donne un salaire.
8. ***Ministère*** : emploi.
9. ***Siffler des serins*** : siffler près des serins pour leur apprendre à reproduire des airs.
10. ***Flageolet*** : flûte.

canaris. Il est vrai que ce qu'il dépense d'un côté, il l'épargne de l'autre, car ses enfants sont sans maîtres et sans éducation. Il se renferme le soir, fatigué de son propre plaisir, sans pouvoir jouir du moindre repos que ses oiseaux ne reposent[1], et que ce petit peuple, qu'il n'aime que parce qu'il chante, ne cesse de chanter. Il retrouve ses oiseaux dans son sommeil : lui-même il est oiseau, il est huppé, il gazouille, il perche ; il rêve la nuit qu'il mue ou qu'il couve. [...]

Cet autre aime les insectes ; il en fait tous les jours de nouvelles emplettes : c'est surtout le premier homme de l'Europe pour les papillons ; il en a de toutes les tailles et de toutes les couleurs. Quel temps prenez-vous pour lui rendre visite ? il est plongé dans une amère douleur ; il a l'humeur noire, chagrine, et dont toute la famille souffre : aussi a-t-il fait une perte irréparable. Approchez, regardez ce qu'il vous montre sur son doigt, qui n'a plus de vie et qui vient d'expirer : c'est une chenille, et quelle chenille !

6. – Si vous dites aux hommes, et surtout aux grands, qu'un tel a de la vertu, ils vous disent : « Qu'il la garde » ; qu'il a bien de l'esprit, de celui surtout qui plaît et qui amuse, ils vous répondent : « Tant mieux pour lui » ; qu'il a l'esprit fort cultivé, qu'il sait beaucoup, ils vous demandent quelle heure il est ou quel temps il fait. Mais si vous leur apprenez qu'il y a un *Tigillin* qui *souffle*[2] ou qui *jette en sable*[3] un verre d'eau-de-vie, et, chose merveilleuse ! qui y revient à plusieurs fois en un repas, alors ils disent : « Où est-il ? amenez-le-moi demain, ce soir ; me l'amènerez-vous ? » On le leur amène ; et cet homme, propre à parer les avenues d'une foire et à être montré en chambre pour de l'argent, ils l'admettent dans leur familiarité.

1. ***Que ses oiseaux ne reposent*** : avant que ses oiseaux ne cessent leur activité, ne se reposent eux-mêmes.
2. ***Souffle*** : siffle.
3. ***Jette en sable*** : avale d'un trait.

11. – Un homme fat et ridicule porte un long chapeau, un pourpoint à ailerons[1], des chausses à aiguillettes[2] et des bottines ; il rêve la veille par où et comment il pourra se faire remarquer le jour qui suit. Un philosophe se laisse habiller par son tailleur : il y a autant de faiblesse à fuir la mode qu'à l'affecter.

13. – N… est riche, elle mange bien, elle dort bien ; mais les coiffures[3] changent, et lorsqu'elle y pense le moins, et qu'elle se croit heureuse, la sienne est hors de mode.

14. – *Iphis* voit à l'église un soulier d'une nouvelle mode ; il regarde le sien et en rougit ; il ne se croit plus habillé. Il était venu à la messe pour s'y montrer, et il se cache ; le voilà retenu par le pied dans sa chambre tout le reste du jour. Il a la main douce, et il l'entretient avec une pâte de senteur ; il a soin de rire pour montrer ses dents ; il fait la petite bouche, et il n'y a guère de moments où il ne veuille sourire ; il regarde ses jambes, et se voit au miroir : l'on ne peut être plus content de personne qu'il l'est de lui-même ; il s'est acquis une voix claire et délicate, et heureusement il parle gras[4] ; il a un mouvement de tête, et je ne sais quel adoucissement dans les yeux, dont il n'oublie pas de s'embellir ; il a une démarche molle et le plus joli maintien qu'il est capable de se procurer ; il met du rouge, mais rarement, il n'en fait pas habitude. Il est vrai aussi qu'il porte des chausses et un chapeau, et qu'il n'a ni boucles d'oreilles ni collier de perles ; aussi ne l'ai-je pas mis dans le chapitre des femmes.

---

1. ***Un pourpoint à ailerons*** : une veste ayant de minces bords d'étoffe qui couvraient les coutures au niveau des épaules.

2. ***Chausses à aiguillettes*** : culottes courtes ornées de rubans qui servaient à les attacher aux pourpoints.

3. Ainsi, en mai 1691, le roi demanda d'abandonner les coiffures hautes pour les coiffures plates.

4. ***Il parle gras*** : il roule les *r*.

31. – Chaque heure en soi comme à notre égard est unique : est-elle écoulée une fois, elle a péri entièrement, les millions de siècles ne la ramèneront pas. Les jours, les mois, les années s'enfoncent et se perdent sans retour dans l'abîme des temps ; le temps même sera détruit : ce n'est qu'un point dans les espaces immenses de l'éternité, et il sera effacé. Il y a de légères et frivoles circonstances du temps qui ne sont point stables, qui passent, et que j'appelle des modes, la grandeur, la faveur, les richesses, la puissance, l'autorité, l'indépendance, le plaisir, les joies, la superfluité. Que deviendront ces modes quand le temps même aura disparu ? La vertu seule, si peu à la mode, va au-delà des temps.

XIV. De quelques usages

3. – *Réhabilitations*[1], mot en usage dans les tribunaux, qui a fait vieillir et rendu gothique[2] celui de *lettres de noblesse* autrefois si français et si usité ; se faire réhabiliter suppose qu'un homme devenu riche originairement est noble, qu'il est d'une nécessité plus que morale qu'il le soit ; qu'à la vérité son père a pu déroger[3] ou par la charrue ou par la houe, ou par la malle, ou par les livrées[4] ; mais qu'il ne s'agit pour lui que de rentrer dans les premiers droits de ses ancêtres, et de continuer les armes de sa maison, les mêmes pourtant qu'il a fabriquées, et tout autres que celles de sa vaisselle d'étain[5] ; qu'en un mot les lettres de noblesse ne lui

1. ***Réhabilitations*** : rétablissements dans leur état premier, ici la noblesse, des familles qui en avaient été déchues.
2. ***Gothique*** : ici, désuet.
3. ***Déroger*** : faire une chose entraînant la perte des droits et des privilèges de la noblesse.
4. ***Ou par la charrue ou par la houe, ou par la malle, ou par les livrées*** : en étant ou paysan ou marchand ambulant, ou domestique chez différents maîtres.
5. Pour celui qui retrouve sa noblesse, il s'agit grâce à cette réhabilitation de perpétuer les armes de sa maison, qu'il doit pourtant fabriquer (puisqu'il les avait prétendument perdues) et qui ne figuraient pas sur sa vaisselle d'étain (désormais remplacé de l'argent) quand il était pauvre.

conviennent plus ; qu'elles n'honorent que le roturier, c'est-à-dire celui qui cherche encore le secret de devenir riche.

4. – Un homme du peuple, à force d'assurer qu'il a vu un prodige, se persuade faussement qu'il a vu un prodige. Celui qui continue de cacher son âge pense enfin lui-même être aussi jeune qu'il veut le faire croire aux autres. De même le roturier qui dit par habitude qu'il tire son origine de quelque ancien baron ou de quelque châtelain, dont il est vrai qu'il ne descend pas, a le plaisir de croire qu'il en descend.

5. – Quelle est la roture[1] un peu heureuse et établie à qui il manque des armes, et dans ces armes une pièce honorable, des suppôts, un cimier[2], une devise[3], et peut-être le cri de guerre[4] ? Qu'est devenue la distinction des casques et des *heaumes* ? Le nom et l'usage en sont abolis ; il ne s'agit plus de les porter de front ou de côté, ouverts ou fermés, et ceux-ci de tant ou de tant de grilles[5] : on n'aime pas les minuties[6], on passe droit aux couronnes, cela est plus simple ; on s'en croit digne, on se les adjuge. Il reste encore aux meilleurs bourgeois une certaine pudeur qui les empêche de se parer d'une couronne de marquis, trop satisfaits de la comtale[7] ; quelques-uns même ne vont pas la chercher fort loin, et la font passer de leur enseigne à leur carrosse[8].

---

1. ***Roture*** : personne non noble (de naissance).
2. ***Cimier*** : ornement qui forme la partie supérieure du casque.
3. ***Devise*** : formule qui accompagne l'écu dans les armoiries.
4. Les éléments de cette énumération sont autant d'indices d'une vieille noblesse.
5. Les nouveaux nobles devaient faire figurer sur leur blason, au-dessus de l'écu, le casque ou heaume de profil (« de côté ») et fermé. Si l'on était de vieille noblesse, le casque ou heaume se présentait « de front » et ouvert, et le nombre de barreaux (« grilles ») placés dans la visière marquait le degré de noblesse.
6. ***Minuties*** : détails.
7. Le titre de marquis prend rang après celui de duc et avant celui de comte. À chacun d'eux correspond une couronne spécifique.
8. Allusion aux Bazin de Besons, marchands qui s'étaient enrichis en vendant du drap ; ils avaient adopté pour leurs armes l'enseigne de leur magasin qui s'appelait « Aux trois couronnes ».

6. – Il suffit de n'être point né dans une ville, mais sous une chaumière répandue[1] dans la campagne, ou sous une ruine qui trempe dans un marécage et qu'on appelle château, pour être cru noble sur sa parole.

14. – Je le déclare nettement, afin que l'on s'y prépare et que personne un jour n'en soit surpris : s'il arrive jamais que quelque grand me trouve digne de ses soins[2], si je fais enfin une belle fortune, il y a un Geoffroy de la Bruyère[3], que toutes les chroniques rangent au nombre des plus grands seigneurs de France qui suivirent GODEFROY DE BOUILLON à la conquête de la Terre-Sainte : voilà alors de qui je descends en ligne directe.

15. – Si la noblesse est vertu, elle se perd par tout ce qui n'est pas vertueux ; et si elle n'est pas vertu, c'est peu de chose.

40. – Vous avez une pièce d'argent, ou même une pièce d'or ; ce n'est pas assez, c'est le nombre qui opère : faites-en, si vous pouvez, un amas considérable et qui s'élève en pyramide, et je me charge du reste. Vous n'avez ni naissance, ni esprit, ni talents, ni expérience, qu'importe ? ne diminuez rien de votre monceau[4], et je vous placerai si haut que vous vous couvrirez devant votre maître, si vous en avez ; il sera même fort éminent, si avec votre métal, qui de jour à autre se multiplie, je ne fais en sorte qu'il se découvre devant vous.

---

1. ***Répandue*** : placée au hasard.
2. ***Soins*** : attentions.
3. Cette remarque, qui date de la cinquième édition, contient l'unique mention du patronyme de l'auteur. Il n'y a aucun lien de parenté entre les deux La Bruyère ; il s'agit d'une plaisanterie. Un certain Geoffroy de la Bruyère mourut effectivement en 1191 au siège de Saint-Jean-d'Acre, forteresse des croisés, mais un siècle environ après Godefroy de Bouillon (1061-1100).
4. ***Monceau*** : amoncellement.

41. – *Orante* plaide depuis dix ans entiers en règlement de juges pour une affaire juste, capitale, et où il y va de toute sa fortune : elle saura peut-être dans cinq années quels seront ses juges, et dans quel tribunal elle doit plaider le reste de sa vie.

43. – Le devoir des juges est de rendre la justice ; leur métier, de la différer. Quelques-uns savent leur devoir, et font leur métier.

48. – Il n'y a aucun métier qui n'ait son apprentissage, et en montant des moindres conditions jusques aux plus grandes, on remarque dans toutes un temps de pratique et d'exercice qui prépare aux emplois, où les fautes sont sans conséquence, et mènent au contraire à la perfection. La guerre même, qui ne semble naître et durer que par la confusion et le désordre, a ses préceptes ; on ne se massacre pas par pelotons et par troupes en rase campagne sans l'avoir appris, et l'on s'y tue méthodiquement. Il y a l'école de la guerre : où est l'école du magistrat ? Il y a un usage, des lois, des coutumes : où est le temps, et le temps assez long que l'on emploie à les digérer [1] et à s'en instruire ? L'essai et l'apprentissage d'un jeune adolescent qui passe de la férule à la pourpre [2], et dont la consignation [3] a fait un juge, est de décider souverainement des vies et des fortunes des hommes.

51. – La question [4] est une invention merveilleuse et tout à fait sûre pour perdre un innocent qui a la complexion [5] faible, et sauver un coupable qui est né robuste.

---

1. ***Les digérer*** : s'en pénétrer.
2. ***De la férule à la pourpre*** : de l'école à l'exercice de la magistrature. (La férule était la baguette de bois avec laquelle on frappait les doigts des écoliers en faute ; les magistrats portaient une toge de couleur pourpre dans l'Antiquité.)
3. Les fonds consignés, mis en dépôt par autorité de justice, étaient fréquemment détournés ; ils pouvaient servir, entre autres choses, à l'achat d'une charge de juge…
4. ***Question*** : torture.
5. ***Complexion*** : ici, nature.

55. – Il n'est pas absolument impossible qu'une personne qui se trouve dans une grande faveur perde un procès.

58. – S'il n'y avait point de testaments pour régler le droit des héritiers, je ne sais si l'on aurait besoin de tribunaux pour régler les différends des hommes : les juges seraient presque réduits à la triste fonction d'envoyer au gibet les voleurs et les incendiaires. Qui voit-on dans les lanternes[1] des chambres, au parquet, à la porte ou dans la salle du magistrat ? des héritiers *ab intestat*[2] ? Non, les lois ont pourvu à leurs partages. On y voit les testamentaires[3] qui plaident en explication d'une clause ou d'un article, les personnes exhérédées[4], ceux qui se plaignent d'un testament fait avec loisir, avec maturité, par un homme grave, habile, consciencieux, et qui a été aidé d'un bon conseil : d'un acte où le praticien n'a rien *obmis*[5] de son jargon et de ses finesses ordinaires ; il est signé du testateur et des témoins publics, il est parafé : et c'est en cet état qu'il est cassé et déclaré nul.

59. – *Titius* assiste à la lecture d'un testament avec des yeux rouges et humides, et le cœur serré de la perte de celui dont il espère recueillir la succession. Un article lui donne la charge[6], un autre les rentes de la ville[7], un troisième le rend maître d'une terre à la campagne ; il y a une clause qui, bien entendue[8], lui accorde

---

1. ***Lanternes*** : petites loges où l'on pouvait assister aux séances d'un procès sans être vu.
2. ***Ab intestat*** : voir note 3, p. 118.
3. ***Testamentaires*** : héritiers par testament.
4. ***Exhérédées*** : déshéritées.
5. ***Obmis*** : omis.
6. ***Lui donne la charge*** : lui donne l'héritage de la charge du défunt. Les charges étaient héréditaires.
7. ***Lui donne [...] les rentes de la ville*** : transfère à son nom un versement périodique pris sur les revenus de la ville.
8. ***Bien entendue*** : bien comprise.

une maison située au milieu de Paris, comme elle se trouve, et avec les meubles : son affliction[1] augmente, les larmes lui coulent des yeux. Le moyen de les contenir ? Il se voit officier[2], logé aux champs et à la ville, meublé de même ; il se voit une bonne table et un carrosse : *Y avait-il au monde un plus honnête homme que le défunt, un meilleur homme ?* Il y a un codicille[3], il faut le lire : il fait *Mævius* légataire universel, et il renvoie Titius dans son faubourg, sans rentes, sans titres, et le met à pied. Il essuie ses larmes : c'est à Mævius à s'affliger.

65. – Il y a déjà longtemps que l'on improuve[4] les médecins, et que l'on s'en sert ; le théâtre et la satire ne touchent point à leurs pensions[5] ; ils dotent leurs filles, placent leurs fils aux parlements[6] et dans la prélature[7], et les railleurs eux-mêmes fournissent l'argent. Ceux qui se portent bien deviennent malades ; il leur faut des gens dont le métier soit de les assurer qu'ils ne mourront point. Tant que les hommes pourront mourir, et qu'ils aimeront à vivre, le médecin sera raillé, et bien payé.

66. – Un bon médecin est celui qui a des remèdes spécifiques, ou s'il en manque, qui permet à ceux qui les ont de guérir son malade.

67. – La témérité des charlatans, et leurs tristes succès[8], qui en sont les suites, font valoir la médecine et les médecins : si ceux-ci laissent mourir, les autres tuent.

---

1. ***Affliction*** : peine profonde.
2. ***Officier*** : pourvu d'un office, d'une charge.
3. ***Codicille*** : post-scriptum.
4. ***Improuve*** : critique.
5. ***Pensions*** : revenus.
6. ***Aux parlements*** : dans les cours de justice.
7. ***Dans la prélature*** : dans le corps des hauts dignitaires ecclésiastiques.
8. ***Succès*** : voir note 6, p. 49.

68. – *Carro Carri* débarque avec une recette qu'il appelle un prompt remède, et qui quelquefois est un poison lent ; c'est un bien de famille, mais amélioré en ses mains : de spécifique qu'il était contre la colique, il guérit de la fièvre quarte [1], de la pleurésie [2], de l'hydropisie [3], de l'apoplexie, de l'épilepsie. Forcez un peu votre mémoire, nommez une maladie, la première qui vous viendra en l'esprit : l'hémorragie, dites-vous ? il la guérit. Il ne ressuscite personne, il est vrai ; il ne rend pas la vie aux hommes ; mais il les conduit nécessairement jusqu'à la décrépitude, et ce n'est que par hasard que son père et son aïeul, qui avaient ce secret, sont morts fort jeunes. Les médecins reçoivent pour leurs visites ce qu'on leur donne ; quelques-uns se contentent d'un remerciement : Carro Carri est si sûr de son remède, et de l'effet qui en doit suivre, qu'il n'hésite pas de s'en faire payer d'avance, et de recevoir avant que de donner. Si le mal est incurable, tant mieux, il n'en est que plus digne de son application et de son remède. Commencez par lui livrer quelques sacs de mille francs, passez-lui un contrat de constitution [4], donnez-lui une de vos terres, la plus petite, et ne soyez pas ensuite plus inquiet que lui de votre guérison. L'émulation de cet homme a peuplé le monde de noms en O et en I, noms vénérables, qui imposent [5] aux malades et aux maladies. Vos médecins, Fagon [6], et de toutes les facultés, avouez-le, ne guérissent pas toujours, ni sûrement ; ceux au contraire qui ont hérité de leurs pères la médecine pratique, et à qui l'expérience est échue par succession, promettent toujours,

1. ***Fièvre quarte*** : l'expression désignait une maladie caractérisée par des accès de fièvre revenant tous les quatre jours.
2. ***Pleurésie*** : inflammation de la membrane enveloppant les poumons.
3. ***Hydropisie*** : épanchement de sérosité dans le corps.
4. ***Contrat de constitution*** : contrat qui engage à verser une pension.
5. ***Imposent*** : en imposent, impressionnent.
6. Guy Crescent Fagon (1638-1718), premier médecin du roi à partir de 1693, était un ennemi des charlatans.

et avec serments, qu'on guérira. Qu'il est doux aux hommes de tout espérer d'une maladie mortelle, et de se porter encore passablement bien à l'agonie ! [...]

72. – L'étude des textes ne peut jamais être assez recommandée ; c'est le chemin le plus court, le plus sûr et le plus agréable pour tout genre d'érudition. Ayez les choses de la première main ; puisez à la source ; maniez, remaniez le texte ; apprenez-le de mémoire ; citez-le dans les occasions ; songez surtout à en pénétrer le sens dans toute son étendue et dans ses circonstances ; conciliez [1] un auteur original, ajustez ses principes, tirez vous-même les conclusions. Les premiers commentateurs se sont trouvés dans le cas où je désire que vous soyez : n'empruntez leurs lumières et ne suivez leurs vues qu'où les vôtres seraient trop courtes ; leurs explications ne sont pas à vous, et peuvent aisément vous échapper ; vos observations au contraire naissent de votre esprit et y demeurent : vous les retrouvez plus ordinairement dans la conversation, dans la consultation et dans la dispute [2]. Ayez le plaisir de voir que vous n'êtes arrêté dans la lecture que par les difficultés qui sont invincibles, où les commentateurs et les scoliastes [3] eux-mêmes demeurent court, si fertiles d'ailleurs, si abondants et si chargés d'une vaine et fastueuse érudition dans les endroits clairs, et qui ne font de peine ni à eux ni aux autres. Achevez ainsi de vous convaincre par cette méthode d'étudier, que c'est la paresse des hommes qui a encouragé le pédantisme [4] à grossir plutôt qu'à enrichir les bibliothèques, à faire périr le texte sous le poids des commentaires ; et qu'elle a en cela agi contre soi-même et contre ses plus chers intérêts, en multipliant les lectures, les recherches et le travail, qu'elle cherchait à éviter.

1. ***Conciliez*** : mettez-vous en accord avec.
2. ***Dispute*** : discussion.
3. ***Scoliastes*** : érudits.
4. ***Pédantisme*** : prétention en matière de savoir, de connaissances.

XV. De la chaire

1. – Le discours chrétien est devenu un spectacle. Cette tristesse[1] évangélique qui en est l'âme ne s'y remarque plus : elle est suppléée par les avantages de la mine, par les inflexions de la voix, par la régularité du geste, par le choix des mots, et par les longues énumérations. On n'écoute plus sérieusement la parole sainte : c'est une sorte d'amusement entre mille autres ; c'est un jeu où il y a de l'émulation[2] et des parieurs.

8. – C'est avoir de l'esprit que de plaire au peuple dans un sermon par un style fleuri[3], une morale enjouée, des figures réitérées, des traits brillants et de vives descriptions ; mais ce n'est point en avoir assez. Un meilleur esprit néglige ces ornements étrangers, indignes de servir à l'Évangile : il prêche simplement, fortement, chrétiennement.

9. – L'orateur fait de si belles images de certains désordres, y fait entrer des circonstances si délicates, met tant d'esprit, de tour

---

1. ***Tristesse*** : austérité.
2. ***Émulation*** : concurrence.
3. ***Style fleuri*** : écriture recherchée, aux figures de rhétorique nombreuses.

et de raffinement dans celui qui pèche, que si je n'ai pas de pente à vouloir ressembler à ses portraits, j'ai besoin du moins que quelque apôtre, avec un style plus chrétien, me dégoûte des vices dont l'on m'avait fait une peinture si agréable.

18. – Le nom de ce panégyriste [1] semble gémir sous le poids des titres dont il est accablé ; leur grand nombre remplit de vastes affiches qui sont distribuées dans les maisons, ou que l'on lit par les rues en caractères monstrueux, et qu'on ne peut non plus ignorer que la place publique. Quand sur une si belle montre [2], l'on a seulement essayé du personnage, et qu'on l'a un peu écouté, l'on reconnaît qu'il manque au dénombrement de ses qualités celle de mauvais prédicateur [3].

19. – L'oisiveté des femmes, et l'habitude qu'ont les hommes de les courir partout où elles s'assemblent, donnent du nom à de froids orateurs, et soutiennent quelque temps ceux qui ont décliné.

20. – Devrait-il suffire d'avoir été grand et puissant dans le monde pour être louable ou non, et, devant le saint autel et dans la chaire [4] de la vérité, loué et célébré à ses funérailles ? N'y a-t-il point d'autre grandeur que celle qui vient de l'autorité et de la naissance ? Pourquoi n'est-il pas établi de faire publiquement le panégyrique d'un homme qui a excellé pendant sa vie dans la bonté, dans l'équité, dans la douceur, dans la fidélité, dans la piété ? Ce qu'on appelle une oraison funèbre [5] n'est aujourd'hui bien reçue du plus grand nombre des auditeurs, qu'à mesure

1. ***Panégyriste*** : orateur « spécialisé » dans la louange des personnes illustres.
2. ***Sur une si belle montre*** : sur la foi d'une affiche si élogieuse.
3. ***Prédicateur*** : prêcheur.
4. ***Chaire*** : dans une église, tribune élevée du haut de laquelle un ecclésiastique s'adresse aux fidèles.
5. ***Oraison funèbre*** : discours religieux prononcé lors des obsèques d'un personnage illustre.

qu'elle s'éloigne davantage du discours chrétien, ou si vous l'aimez mieux ainsi, qu'elle approche de plus près d'un éloge profane.

23. – Tel tout d'un coup, et sans y avoir pensé la veille, prend du papier, une plume, dit en soi-même : « Je vais faire un livre », sans autre talent pour écrire que le besoin qu'il a de cinquante pistoles. Je lui crie inutilement : « Prenez une scie, *Dioscore*, sciez, ou bien tournez, ou faites une jante de roue ; vous aurez votre salaire. » Il n'a point fait l'apprentissage de tous ces métiers. « Copiez donc, transcrivez, soyez au plus correcteur d'imprimerie, n'écrivez point. » Il veut écrire et faire imprimer ; et parce qu'on n'envoie pas à l'imprimeur un cahier blanc, il le barbouille de ce qui lui plaît : il écrirait volontiers que la Seine coule à Paris, qu'il y a sept jours dans la semaine, ou que le temps est à la pluie ; et comme ce discours n'est ni contre la religion ni contre l'État, et qu'il ne fera point d'autre désordre dans le public que de lui gâter le goût et l'accoutumer aux choses fades et insipides, il passe à l'examen [1], il est imprimé, et à la honte du siècle, comme pour l'humiliation des bons auteurs, réimprimé. De même un homme dit en son cœur : « Je prêcherai », et il prêche ; le voilà en chaire, sans autre talent ni vocation que le besoin d'un bénéfice [2].

29. – Il me semble qu'un prédicateur devrait faire choix dans chaque discours d'une vérité unique, mais capitale, terrible ou instructive, la manier à fond et l'épuiser ; abandonner toutes ces divisions si recherchées, si retournées, si remaniées et si différenciées ; ne point supposer ce qui est faux, je veux dire que le grand ou le beau monde sait sa religion et ses devoirs ; et ne pas appréhender de faire, ou à ces bonnes têtes ou à ces esprits si raffinés, des catéchismes ; ce temps si long que l'on use à composer un long

1. ***Il passe à l'examen*** : les censeurs autorisent la publication.
2. ***Bénéfice*** : ici, avantage attaché à une fonction ecclésiastique.

ouvrage, l'employer à se rendre si maître de sa matière, que le tour et les expressions naissent dans l'action, et coulent de source ; se livrer, après une certaine préparation, à son génie[1] et au mouvement qu'un grand sujet peut inspirer : qu'il pourrait enfin s'épargner ces prodigieux efforts de mémoire qui ressemblent mieux à une gageure qu'à une affaire sérieuse, qui corrompent le geste et défigurent le visage ; jeter au contraire, par un bel enthousiasme, la persuasion dans les esprits et l'alarme[2] dans le cœur, et toucher ses auditeurs d'une tout autre crainte que de celle de le voir demeurer court.

---

1. ***Génie*** : inspiration.
2. ***L'alarme*** : le trouble.

XVI. Des esprits forts

1. – Les esprits forts savent-ils qu'on les appelle ainsi par ironie ? Quelle plus grande faiblesse que d'être incertains quel est le principe de son être [1], de sa vie, de ses sens, de ses connaissances, et quelle en doit être la fin ? Quel découragement plus grand que de douter [2] si son âme n'est point matière comme la pierre et le reptile, et si elle n'est point corruptible comme ces viles créatures ? N'y a-t-il pas plus de force et de grandeur à recevoir dans notre esprit l'idée d'un être supérieur à tous les êtres, qui les a tous faits, et à qui tous se doivent rapporter ; d'un être souverainement parfait, qui est pur, qui n'a point commencé et qui ne peut finir, dont notre âme est l'image, et si j'ose dire, une portion, comme esprit et comme immortelle [3] ?

---

1. ***D'être incertains quel est le principe de son être*** : d'être incertains de ce qu'est le principe de son être.
2. ***Douter*** : ne pas savoir.
3. Cette remarque rappelle cette considération de Pascal : « Rien n'accuse davantage une extrême faiblesse d'esprit que de ne pas connaître quel est le malheur d'un homme sans Dieu » (*Pensées*).

2. – Le docile et le faible sont susceptibles d'impressions : l'un en reçoit de bonnes, l'autre de mauvaises ; c'est-à-dire que le premier est persuadé et fidèle, et que le second est entêté et corrompu. Ainsi l'esprit docile admet la vraie religion ; et l'esprit faible, ou n'en admet aucune, ou en admet une fausse. Or l'esprit fort ou n'a point de religion, ou se fait une religion ; donc l'esprit fort, c'est l'esprit faible.

6. – L'on doute de Dieu dans une pleine santé, comme l'on doute que ce soit pécher que d'avoir un commerce avec une personne libre[1]. Quand l'on devient malade, et que l'hydropisie[2] est formée, l'on quitte sa concubine, et l'on croit en Dieu.

11. – Je voudrais voir un homme sobre, modéré, chaste, équitable, prononcer qu'il n'y a point de Dieu : il parlerait du moins sans intérêt ; mais cet homme ne se trouve point.

12. – J'aurais une extrême curiosité de voir celui qui serait persuadé que Dieu n'est point : il me dirait du moins la raison invincible qui a su le convaincre.

13. – L'impossibilité où je suis de prouver que Dieu n'est pas me découvre son existence.

15. – Je sens qu'il y a un Dieu, et je ne sens pas qu'il n'y en ait point ; cela me suffit, tout le raisonnement du monde m'est inutile : je conclus que Dieu existe. Cette conclusion est dans ma nature ; j'en ai reçu les principes trop aisément dans mon enfance, et je les ai conservés depuis trop naturellement dans un âge plus avancé, pour les soupçonner de fausseté. – Mais il y a des esprits qui se défont de ces principes. – C'est une grande question s'il s'en trouve

1. ***Une personne libre*** : une fille (note de La Bruyère) ; une courtisane.
2. ***Hydropisie*** : voir note 3, p. 149.

de tels ; et quand il[1] serait ainsi, cela prouve seulement qu'il y a des monstres.

31. – Il y a deux mondes : l'un où l'on séjourne peu, et dont l'on doit sortir pour n'y plus rentrer ; l'autre où l'on doit bientôt entrer pour n'en jamais sortir. La faveur, l'autorité, les amis, la haute réputation, les grands biens servent pour le premier monde ; le mépris de toutes ces choses sert pour le second. Il s'agit de choisir.

35. – La religion est vraie, ou elle est fausse : si elle n'est qu'une vaine fiction, voilà, si l'on veut, soixante années perdues pour l'homme de bien, pour le chartreux ou le solitaire[2] : ils ne courent pas un autre risque. Mais si elle est fondée sur la vérité même, c'est alors un épouvantable malheur pour l'homme vicieux : l'idée seule des maux qu'il se prépare me trouble l'imagination ; la pensée est trop faible pour les concevoir, et les paroles trop vaines pour les exprimer. Certes, en supposant même dans le monde moins de certitude qu'il ne s'en trouve en effet sur la vérité de la religion, il n'y a point pour l'homme un meilleur parti que la vertu.

46. – Tout est grand et admirable dans la nature ; il ne s'y voit rien qui ne soit marqué au coin de l'ouvrier[3] ; ce qui s'y voit quelquefois d'irrégulier et d'imparfait suppose règle et perfection. Homme vain et présomptueux ! faites un vermisseau que vous foulez aux pieds, que vous méprisez ; vous avez horreur du crapaud, faites un crapaud, s'il est possible. Quel excellent maître que celui qui fait des ouvrages, je ne dis pas que les hommes admirent, mais qu'ils craignent ! Je ne vous demande pas de vous

1. ***Il*** : cela.
2. ***Le chartreux ou le solitaire*** : le moine ou l'ermite. (Le chartreux est un religieux de l'ordre fondé par saint Bruno vers 1084.)
3. ***Qui ne soit marqué au coin de l'ouvrier*** : qui ne porte la marque de l'ouvrier.

mettre à votre atelier pour faire un homme d'esprit, un homme bien fait, une belle femme : l'entreprise est forte et au-dessus de vous ; essayez seulement de faire un bossu, un fou, un monstre, je suis content.

Rois, Monarques, Potentats[1], sacrées Majestés ! vous ai-je nommés par tous vos superbes noms ? Grands de la terre, très hauts, très puissants, et peut-être bientôt *tout-puissants Seigneurs* ! nous autres hommes nous avons besoin pour nos moissons d'un peu de pluie, de quelque chose de moins, d'un peu de rosée : faites de la rosée, envoyez sur la terre une goutte d'eau.

L'ordre, la décoration, les effets de la nature sont populaires[2] ; les causes, les principes ne le sont point. Demandez à une femme comment un bel œil n'a qu'à s'ouvrir pour voir, demandez-le à un homme docte.

47. – Plusieurs millions d'années, plusieurs centaines de millions d'années, en un mot tous les temps ne sont qu'un instant, comparés à la durée de Dieu, qui est éternelle : tous les espaces du monde entier ne sont qu'un point, qu'un léger atome, comparés à son immensité. S'il est ainsi, comme je l'avance, car quelle proportion du fini à l'infini ? je demande : Qu'est-ce que le cours de la vie d'un homme ? qu'est-ce qu'un grain de poussière qu'on appelle la terre ? qu'est-ce qu'une petite portion de cette terre que l'homme possède et qu'il habite ? – Les méchants prospèrent pendant qu'ils vivent. – Quelques méchants, je l'avoue. – La vertu est opprimée, et le crime impuni sur la terre. – Quelquefois, j'en conviens. – C'est une injustice. – Point du tout : il faudrait, pour tirer cette conclusion, avoir prouvé qu'absolument les méchants sont heureux, que la vertu ne l'est pas, et que le crime demeure impuni ; il faudrait du moins que ce peu de temps où les bons souffrent et où les méchants prospèrent eût une durée, et que ce

1. ***Potentats*** : souverains absolus.
2. ***Populaires*** : connus de tous.

que nous appelons prospérité et fortune ne fût pas une apparence fausse et une ombre vaine qui s'évanouit ; que cette terre, cet atome, où il paraît que la vertu et le crime rencontrent si rarement ce qui leur est dû, fût le seul endroit de la scène où se doivent passer la punition et les récompenses. [...]

49. – Mettez l'autorité, les plaisirs et l'oisiveté d'un côté, la dépendance, les soins [1] et la misère de l'autre : ou ces choses sont déplacées [2] par la malice [3] des hommes, ou Dieu n'est pas Dieu.

Une certaine inégalité dans les conditions, qui entretient l'ordre et la subordination [4], est l'ouvrage de Dieu, ou suppose une loi divine : une trop grande disproportion, et telle qu'elle se remarque parmi les hommes, est leur ouvrage, ou la loi des plus forts.

Les extrémités [5] sont vicieuses, et partent de l'homme : toute compensation [6] est juste, et vient de Dieu.

50. – Si on ne goûte point ces *Caractères*, je m'en étonne ; et si on les goûte, je m'en étonne de même.

---

1. ***Soins*** : soucis.
2. ***Sont déplacées*** : ont été dérangées.
3. ***Malice*** : méchanceté.
4. ***Subordination*** : hiérarchie.
5. ***Extrémités*** : excès.
6. ***Compensation*** : équilibre.

DOSSIER

- La Bruyère raillé, La Bruyère loué
- Portraits moqueurs
- Satires croisées

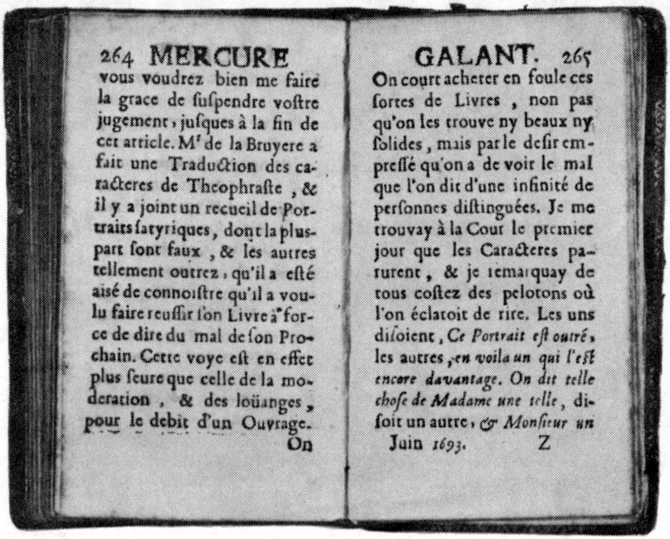
264 MERCURE
vous voudrez bien me faire
la grace de suspendre vostre
jugement, jusques à la fin de
cet article. Mr de la Bruyere a
fait une Traduction des ca-
racteres de Theophraste, &
il y a joint un recueil de Por-
traits satyriques, dont la plus-
part sont faux, & les autres
tellement outrez, qu'il a esté
aisé de connoistre qu'il a vou-
lu faire reussir son Livre à for-
ce de dire du mal de son Pro-
chain. Cette voye est en effet
plus seure que celle de la mo-
deration, & des loüanges,
pour le debit d'un Ouvrage.
On

GALANT. 265
On court acheter en foule ces
sortes de Livres, non pas
qu'on les trouve ny beaux ny
solides, mais par le desir em-
pressé qu'on a de voir le mal
que l'on dit d'une infinité de
personnes distinguées. Je me
trouvay à la Cour le premier
jour que les Caracteres pa-
rurent, & je remarquay de
tous costez des pelotons où
l'on éclatoit de rire. Les uns
disoient, *Ce Portrait est outré*,
les autres, *en voila un qui l'est
encore davantage. On dit telle
chose de Madame une telle*, di-
soit un autre, *& Monsieur un*
Juin 1693. Z

■ Article du *Mercure galant* de juin 1693 au sujet du livre de La Bruyère.

La Bruyère raillé, La Bruyère loué

Laquelle de ces critiques de contemporains vous paraît la plus appropriée ? la moins fondée ? la plus dure ? la plus favorable ?

« M. de La Bruyère a fait une traduction des *Caractères* de Théophraste, et il y a joint un recueil de portraits satiriques, dont la plupart sont faux, et les autres tellement outrés qu'il est aisé de connaître qu'il a voulu faire réussir son livre à force de dire du mal de son prochain » (article du *Mercure galant*, juin 1693, attribué à Fontenelle).

« M. Despréaux[1] disait de La Bruyère que c'était un homme de beaucoup d'esprit et d'érudition ; mais que son style était prophétique, qu'il fallait souvent le deviner ; qu'un ouvrage comme le sien ne demandait que de l'esprit, puisqu'il délivrait de la servitude des transitions » (*Bolaeana ou Bons Mots de M. Boileau*, éd. Jacques de Losme de Monschesnay, 1742).

« Il faut avoir autant de génie que M. de La Bruyère pour l'imiter, et cela est bien difficile. Il est merveilleux d'ailleurs à attraper le ridicule des hommes et à le développer. Ses caractères sont un peu chargés mais ils ne laissent pas d'être naturels[2] » (*Menagiana ou Bons Mots, rencontres agréables, pensées judicieuses et observations curieuses de M. Ménage*, éd. Goulley, 1693).

« M. de La Bruyère qui n'a point de style formé, écrivant au hasard, emploie des expressions outrées en des choses très communes et quand il en veut dire de plus relevées, il les affaiblit par des expressions basses, et fait ramper le fort avec le faible » (Vigneul-Marville, *Mélanges d'histoire et de littérature*, t. I, 1713).

1. Despréaux désigne Nicolas Boileau, voir ci-après, p. 173.
2. *Ils ne laissent pas d'être naturels* : ils sont toujours naturels.

« Vos portraits ressemblent à de certaines personnes, et souvent on les devine […]. Il est à craindre [qu'ils] ne perdent quelque chose de ce vif et de ce brillant qu'on y remarque, quand on ne pourra plus les comparer avec ceux sur qui vous les avez tirés » (Charpentier, *Réponse à M. de La Bruyère*, 15 juin 1693).

« Pourquoi *Les Caractères* de La Bruyère que nous avons vu si fort en vogue durant quinze ou vingt ans, commencent-ils à n'être plus si recherchés ? […] Tant qu'on a cru voir dans ce livre les portraits des hommes vivants, on l'a dévoré, pour se nourrir du triste plaisir que donne la satire personnelle. Mais à mesure que ces gens-là ont disparu, il a cessé de plaire par la matière. Et peut-être aussi que la forme n'a pas suffi seule à le sauver » (D'Olivet, *Histoire de l'Académie*, 1730).

Portraits moqueurs

Au XVIIe siècle, le genre du portrait est très en vogue. Il correspond à une pratique mondaine et sa visée est soit l'éloge, soit le blâme. On a vu avec *Les Caractères* qu'il peut en outre répondre à un souci d'éducation, à une volonté de juger et de corriger les travers d'une époque. Mais plus généralement, le portrait moqueur, satirique, parfois proche de la caricature, est l'occasion de pointer du doigt un comportement politique, un caractère ou une catégorie sociale.
Les extraits suivants vous permettront d'observer d'autres modalités d'expression des portraits, d'étudier leur dimension argumentative et d'envisager certains rapprochements avec ceux de La Bruyère.

Molière, *Le Misanthrope* (1666)

Cette comédie analyse un caractère, celui d'un misanthrope nommé Alceste, qui a en horreur la société qui l'entoure, régie par un ensemble de conventions entretenant des rapports et des conversations hypocrites entre les hommes. Mais par une singulière contradiction, ce même Alceste aime l'être le plus coquet, le plus précieux et le plus médisant

qui soit : Célimène, une jeune et riche veuve spirituelle qui tient un salon réputé où se pressent des marquis vaniteux (Acaste, Clitandre). Dans ces assemblées caquetantes, lorsque les banalités mondaines du jour ont été épuisées, la conversation finit inévitablement par tourner au jeu des portraits.
Vous tenterez de déterminer le point commun des quatre personnages satirisés par Célimène (Damon, Timante, Géralde et Bélise).

Acte II
Scène IV

[...]

ACASTE
Parbleu ! s'il faut parler de gens extravagants,
Je viens d'en essuyer un des plus fatigants :
Damon, le raisonneur, qui m'a, ne vous déplaise,
Une heure, au grand soleil, tenu hors de ma chaise.

CÉLIMÈNE
C'est un parleur étrange, et qui trouve toujours
L'art de ne vous rien dire avec de grands discours ;
Dans les propos qu'il tient, on ne voit jamais goutte,
Et ce n'est que du bruit que tout ce qu'on écoute.

ÉLIANTE, *à Philinte* [1]
Ce début n'est pas mal ; et contre le prochain
La conversation prend un assez bon train.

CLITANDRE
Timante encore, Madame, est un bon caractère.

CÉLIMÈNE
C'est de la tête aux pieds un homme tout mystère,
Qui vous jette en passant un coup d'œil égaré,

1. Éliante est une amie de Célimène, coquette comme elle, mais plus discrète, plus effacée et moins brillante ; Philinte, lui, est un ami d'Alceste, et aussi un homme du monde consentant prudemment au jeu social.

Et, sans aucune affaire, est toujours affairé.
Tout ce qu'il vous débite en grimaces abonde ;
À force de façons, il assomme le monde ;
Sans cesse, il a, tout bas, pour rompre l'entretien
Un secret à vous dire, et ce secret n'est rien ;
De la moindre vétille il fait une merveille
Et jusques au bonjour, il dit tout à l'oreille.

ACASTE

Et Géralde, Madame ?

CÉLIMÈNE

Ô l'ennuyeux conteur !
Jamais on ne le voit sortir du grand seigneur [1] ;
Dans le brillant commerce il se mêle sans cesse,
Et ne cite jamais que duc, prince ou princesse :
La qualité l'entête ; et tous ses entretiens
Ne sont que de chevaux, d'équipage et de chiens ;
Il tutaye [2] en parlant ceux du plus haut étage,
Et le nom de Monsieur est chez lui hors d'usage.

CLITANDRE

On dit qu'avec Bélise il est du dernier bien.

CÉLIMÈNE

Le pauvre esprit de femme, et le sec entretien !
Lorsqu'elle vient me voir, je souffre le martyre :
Il faut suer sans cesse à chercher que lui dire,
Et la stérilité de son expression
Fait mourir à tous coups la conversation.
En vain, pour attaquer son stupide silence,
De tous les lieux communs vous prenez l'assistance [3] :
Le beau temps et la pluie, et le froid et le chaud

---

1. Sa conversation tourne invariablement sur les grands seigneurs.
2. *Tutaye* : tutoie.
3. *Assistance* : aide.

Sont des fonds qu'avec elle on épuise bientôt.
Cependant sa visite, assez insupportable,
Traîne en une longueur encore épouvantable ;
Et l'on demande l'heure, et l'on bâille vingt fois,
Qu'elle grouille [1] aussi peu qu'une pièce de bois. [...]

Mme de Sévigné, *Lettres* (1646-1696, éd. posth.)

La correspondance de Mme de Sévigné recouvre cinquante années du siècle classique (de 1646 à 1696) ; elle s'offre donc comme une fresque historique d'une époque dont la marquise fut un témoin privilégié. Amie de La Rochefoucauld et de Mme de Lafayette, familière des salons précieux les plus réputés et de la cour, Mme de Sévigné, dans ses missives, relate à ses correspondants les plus hauts faits qu'elle y observe comme les plus anecdotiques, les plus graves comme les plus légers.
Dans cette lettre qu'elle adresse à son ami Pomponne, elle brocarde avec humour l'attitude d'un courtisan à l'égard de Louis XIV. Vous mettrez en évidence la façon dont la marquise use de l'anecdote pour dénoncer l'hypocrisie des gens de cour.

À Pomponne

À Paris, lundi 1er décembre 1664.

[...] Il faut que je vous conte une petite historiette, qui est très vraie et qui vous divertira. Le roi se mêle depuis peu de faire des vers ; MM. de Saint-Aignan et Dangeau lui apprennent comme il s'y faut prendre. Il fit l'autre jour un petit madrigal [2], que lui-même ne trouva pas trop joli. Un matin, il dit au maréchal de Gramont : « Monsieur le maréchal, je vous prie, lisez ce petit madrigal, et voyez si vous en avez jamais vu un si impertinent [3]. Parce qu'on sait que depuis peu j'aime les vers, on m'en apporte de toutes les façons. » Le maréchal, après

1. *Grouille* : remue (familier).
2. *Madrigal* : bref poème d'inspiration galante.
3. *Impertinent* : caractère de ce qui ne convient pas, de ce qui est déplacé ; mal écrit.

avoir lu, dit au roi : « Sire, Votre Majesté juge divinement bien de toutes choses ; il est vrai que voilà le plus sot et le plus ridicule madrigal que j'aie jamais lu. » Le roi se mit à rire, et lui dit : « N'est-il pas vrai que celui qui l'a fait est bien fat [1] ? – Sire, il n'y a pas moyen de lui donner un autre nom. – Oh bien ! dit le roi, je suis ravi que vous m'en ayez parlé si bonnement ; c'est moi qui l'ai fait. – Ah ! Sire, quelle trahison ! Que Votre Majesté me le rende ; je l'ai lu brusquement. – Non, monsieur le maréchal ; les premiers sentiments sont toujours les plus naturels. » Le roi a fort ri de cette folie, et tout le monde trouve que voilà la plus cruelle petite chose que l'on puisse faire à un vieux courtisan. [...]

La Fontaine, *Fables* (1671)

En 1668, lorsqu'il publie son premier recueil de *Fables*, La Fontaine, comme La Bruyère qui renouvela le genre du « caractère » en s'inspirant de Théophraste, retravaille celui de la « fable » dont le maître ancien est Ésope.
Chaque texte s'apparente à un conte plaisant et La Fontaine définit son œuvre en ces termes : « Une ample comédie à cent actes divers / Et dont la scène est l'univers » (« Le Bûcheron et Mercure »).
Mais qu'on ne s'y trompe pas, le spectacle n'est pas gratuit : La Fontaine, qui s'intéresse particulièrement à la cour, dépeint les vices des « grands » (les prédateurs humains), les montre comme des êtres égoïstes, méprisables, cruels et incultes.
Vous énumérerez les vices que cumule le Milan.

Le Milan et le Rossignol

Après que le Milan [2], manifeste voleur,
Eut répandu l'alarme en tout le voisinage,
Et fait crier sur lui les enfants du village,
Un Rossignol tomba dans ses mains, par malheur.
Le héraut [3] du printemps lui demande la vie :

1. *Fat* : voir note 6, p. 46.
2. *Milan* : oiseau de proie.
3. *Héraut* : messager, annonciateur ; l'annonciateur du printemps est ici le Rossignol.

« Aussi bien que manger en qui n'a que le son ?
Écoutez plutôt ma chanson [1] ;
Je vous raconterai Térée et son envie [2].
– Qui, Térée ? Est-ce un mets propre pour les Milans ?
– Non pas, c'était un roi dont les feux violents
Me firent ressentir leur ardeur criminelle ;
Je m'en vais vous en dire une chanson si belle
Qu'elle vous ravira : mon chant plaît à chacun. »
Le Milan alors lui réplique :
« Vraiment, nous voici bien : lorsque je suis à jeun,
Tu me viens parler de musique.
– J'en parle bien aux rois. – Quand un roi te prendra,
Tu peux lui conter ces merveilles.
Pour un Milan, il s'en rira :
Ventre affamé n'a point d'oreilles. »

Saint-Simon, *Mémoires* (1694-1755, éd. posth.)

À partir de 1694, après avoir été progressivement marginalisé à la cour, Saint-Simon (1675-1755), déçu dans ses ambitions politiques, se retira dans son château de la Ferté-Vidame, où il fit œuvre d'historien et de mémorialiste jusqu'à sa mort.
Ses *Mémoires* évoquent la fin du règne de Louis XIV à travers une série de portraits et de tableaux, composés dans « une langue à la vigueur de ses aversions et de ses amours » (Lamartine). Le petit-fils du Grand Condé [3] figure ici le type même du grand indigne.

---

1. Parce qu'on ne fait pas bonne chère d'un être qui n'a que le son, autrement dit, qui n'est que vent, le Rossignol indique habilement au Milan qu'il gagnerait plus à l'écouter qu'à le manger.
2. La légende raconte que Térée, roi de Thrace, viola Philomèle, princesse d'Athènes et sœur de Procné, son épouse, puis lui coupa la langue pour l'empêcher de parler. Mais Procné apprit le crime de son mari grâce à une ruse de Philomèle et se vengea en tuant son propre fils et en le donnant à manger à Térée. Pourchassées par ce dernier, les deux sœurs furent sauvées par les dieux qui les transformèrent l'une en rossignol, l'autre en hirondelle et Térée fut changé en huppe.
3. *Grand Condé* : voir note 1, p. 47.

De quelle manière Saint-Simon le discrédite-t-il ? Quels traits de caractère attribue-t-il au duc ?

[…] M. le Duc tint cette année les États [1] de Bourgogne, en la place de M. le Prince, son père, qui n'y voulut pas aller. Il y donna un grand exemple de l'amitié des princes, et une belle leçon à ceux qui la recherchent. Santeul, chanoine régulier de Saint-Victor, […] était le plus grand poète latin qui ait paru depuis plusieurs siècles, plein d'esprit, de feu, de caprices [2] les plus plaisants, qui le rendaient d'excellente compagnie ; bon convive surtout, aimant le vin et la bonne chère, mais sans débauche [3], quoique cela fût fort déplacé dans un homme de son état, et qui, avec un esprit et des talents aussi peu propres au cloître, était pourtant au fond aussi bon religieux qu'avec un tel esprit il pouvait l'être. M. le Prince l'avait presque toujours à Chantilly [4] quand il y allait ; M. le Duc le mettait de toutes ses parties : en un mot, princes et princesses, c'était de toute la maison de Condé à qui l'aimait le mieux, et des assauts continuels avec lui de pièces d'esprit en prose et en vers, et de toutes sortes d'amusements, de badinages et de plaisanteries ; et il y avait bien des années que cela durait. M. le Duc voulut l'emmener à Dijon ; Santeul s'en excusa, allégua [5] tout ce qu'il put : il fallut obéir ; et le voilà chez M. le Duc, établi pour le temps des États. C'étaient de tous les soirs des soupers que M. le Duc donnait ou recevait, et toujours Santeul à sa suite, qui faisait tout le plaisir de la table. Un soir que M. le Duc soupait chez lui, il se divertit à pousser Santeul de vin de Champagne et, de gaieté en gaieté, il trouva plaisant de verser sa tabatière pleine de tabac d'Espagne dans un grand verre de vin et de le faire boire à Santeul, pour voir ce qui en arriverait. Il ne fut pas longtemps à en être éclairci : les vomissements et la fièvre le prirent, et, en deux fois vingt-quatre

1. *Les États* : dans l'Ancien Régime, assemblée des représentants des trois ordres (clergé, noblesse, tiers état) d'une province.
2. *Caprices* : ici, marques de « génie » s'écartant des règles ordinaires.
3. *Débauche* : ici, excès.
4. Le château de Chantilly fut la propriété des princes de Condé de 1643 à 1830.
5. *Allégua* : prétexta.

heures, le malheureux mourut dans des douleurs de damné, mais dans les sentiments d'une grande pénitence, avec lesquels il reçut les sacrements, et édifia [1] autant qu'il fut regretté d'une compagnie peu portée à l'édification, mais qui détesta une si cruelle expérience.

Cardinal de Retz, *Mémoires* (1670-1675, éd. posth.)

Le cardinal de Retz (1613-1679), qui obtint un pardon réticent de Louis XIV après l'épisode de la Fronde parisienne pendant laquelle il montra son ambition de chef de parti, se retira dans l'abbaye de Saint-Denis, dont il eut la charge, et entreprit la rédaction de ses *Mémoires* (probablement composés entre 1670 et 1675). Il y relate sa propre vie mais aussi l'histoire de la France dont il fut témoin, et y règle ses comptes.
Ainsi dresse-t-il deux portraits-charges : celui de la reine, Anne d'Autriche, et celui du frère de Louis XIII, Gaston d'Orléans. Identifiez les procédés rhétoriques qu'il emploie à cette fin.

La Reine avait, plus que personne que j'aie jamais vu, de cette sorte d'esprit qui lui était nécessaire pour ne pas paraître sotte à ceux qui ne la connaissaient pas. Elle avait plus d'aigreur que de hauteur, plus de hauteur que de grandeur, plus de manières que de fond, plus d'inapplication à l'argent que de libéralité, plus de libéralité que d'intérêt, plus d'intérêt que de désintéressement, plus d'attachement que de passion, plus de dureté que de fierté, plus de mémoire des injures que des bienfaits, plus d'intention de piété que de piété, plus d'opiniâtreté que de fermeté, et plus d'incapacité [2] que de tout ce que dessus.

M. le duc d'Orléans avait, à l'exception du courage, tout ce qui était nécessaire à un honnête homme [3] ; mais comme il n'avait rien, sans exception, de tout ce qui peut distinguer un grand homme, il ne trouvait rien dans lui-même qui pût ni suppléer ni même soutenir sa faiblesse. Comme elle régnait dans son cœur par la frayeur, et dans son esprit par l'irrésolution, elle salit tout le cours de sa vie. Il entra

1. *Édifia* : porta à la vertu.
2. *Incapacité* : incompétence.
3. *Honnête homme* : parfait homme du monde.

dans toutes les affaires[1], parce qu'il n'avait pas la force de résister à ceux qui l'y entraînaient pour leurs intérêts ; il n'en sortit jamais qu'avec honte, parce qu'il n'avait pas le courage de les soutenir. Cet ombrage amortit, dès sa jeunesse, en lui les couleurs même les plus vives et les plus gaies, qui devaient briller naturellement dans un esprit beau et éclairé, dans un enjouement aimable, dans une intention très bonne, dans un désintéressement complet et dans une facilité de mœurs incroyable.

La Rochefoucauld, *Mémoires* (1662)

Le duc de La Rochefoucauld (1613-1680), par sa haute naissance, semblait appelé à une brillante carrière militaire et politique ; mais il ne connut que des désillusions. Ses échecs politiques l'encouragèrent dans une vie mondaine et son œuvre littéraire reflète incontestablement la mode des salons, le goût pour le portrait et l'analyse psychologique. Dans ses *Mémoires*, il se livre ainsi à un éreintement en règle de son rival, le cardinal de Retz. Vous mettrez en évidence le jeu constant de contradictions sur lequel repose ce portrait.

Paul de Gondi, cardinal de Retz, a beaucoup d'élévation[2], d'étendue d'esprit, et plus d'ostentation[3] que de vraie grandeur de courage. Il a une mémoire extraordinaire, plus de force que de politesse dans ses paroles, l'humeur facile, de la docilité et de la faiblesse à souffrir les plaintes et les reproches de ses amis, peu de piété, quelques apparences de religion. Il paraît ambitieux sans l'être ; la vanité, et ceux qui l'ont conduit, lui ont fait entreprendre de grandes choses, presque toutes opposées à sa profession ; il a suscité les plus grands désordres de l'État [...]. Sa pente naturelle est l'oisiveté ; il travaille néanmoins avec activité dans les affaires qui le pressent, et il se repose avec nonchalance quand elles sont finies. Il a une présence d'esprit, et il sait tellement tourner à son avantage les occasions que la fortune lui offre, qu'il semble qu'il les ait prévues et

1. *Affaires* : intrigues.
2. *Élévation* : hauteur d'esprit.
3. *D'ostentation* : d'étalage, de mise en valeur.

désirées. Il aime à raconter ; il veut éblouir indifféremment tous ceux qui l'écoutent par des aventures extraordinaires, et souvent son imagination lui fournit plus que sa mémoire. Il est faux dans la plupart de ses qualités, et ce qui a le plus contribué à sa réputation c'est de savoir donner un beau jour à ses défauts. [...] Il n'a point de goût ni de délicatesse ; il s'amuse à tout et ne se plaît à rien ; il évite avec adresse de laisser pénétrer qu'il n'a qu'une légère connaissance de toutes choses. La retraite qu'il vient de faire est la plus éclatante et la plus fausse action de sa vie ; c'est un sacrifice qu'il fait à son orgueil, sous prétexte de dévotion : il quitte la cour, où il ne peut s'attacher, et il s'éloigne du monde, qui s'éloigne de lui.

Boileau, *Satires* (1665)

Boileau, lorsqu'il écrit cette œuvre, reprend une tradition antique. La satire fut en effet souvent pratiquée par les poètes latins et notamment par Juvénal (v. 55-v. 140) pour dénoncer les vices de son époque (*Satires*). La cinquième satire de Boileau, critique à l'encontre des nobles, est ainsi inspirée de la huitième de Juvénal, qui souligne l'indignité de l'aristocratie romaine. On prétend que Boileau voulait la dédier à La Rochefoucauld, mais qu'il aurait renoncé, ce nom étant trop difficile à loger dans un alexandrin ; elle fut finalement adressée au marquis de Dangeau[1], que La Bruyère a peint sous les traits de Pamphile (IX, 50, p. 102).
Vous reformulerez la critique de Boileau en identifiant clairement ce qu'elle incrimine.

[...]
Dites-moi, grand héros, esprit rare et sublime,
Entre tant d'animaux, qui sont ceux qu'on estime ?

---

1. Personnage considérable de la cour de Louis XIV, extrêmement vaniteux, il était surtout réputé pour connaître parfaitement tous les jeux qu'on pratiquait alors (le piquet, l'hombre, le reversi, le brelan, etc.) et pour avoir fait fortune en pariant de grosses sommes d'argent. Membre de l'Académie française à partir de 1668, il laissa un Journal (1684-1720) dont se servit Saint-Simon, qui le décrit comme un homme « si plat, si fade, si grand admirateur de riens, [...] si bouffi d'orgueil et de fadaises [...] qu'on ne pouvait pas s'empêcher d'en rire ».

On fait cas d'un coursier[1] qui, fier et plein de cœur,
Fait paraître en courant sa bouillante vigueur ;
Qui jamais ne se lasse, et qui dans la carrière
S'est couvert mille fois d'une noble poussière :
Mais la postérité d'Alfane[2] et de Bayard[3],
Quand ce n'est qu'une rosse[4], est vendue au hasard
Sans respect des aïeux dont elle est descendue,
Et va porter la malle[5], ou tirer la charrue.
Pourquoi donc voulez-vous que, par un sot abus,
Chacun respecte en vous un honneur qui n'est plus ?
[…]
Si vous ne faites voir qu'une bassesse indigne,
Ce long amas d'aïeux que vous diffamez tous
Sont autant de témoins qui parlent contre vous[6] ;
Et tout ce grand éclat de leur gloire ternie
Ne sert plus que de jour à votre ignominie.
En vain, tout fier d'un sang que vous déshonorez,
Vous dormez à l'abri de ces noms révérés :
En vain vous vous couvrez des vertus de vos pères :
Ce ne sont à mes yeux que de vaines chimères ;
Je ne vois rien en vous qu'un lâche, un imposteur,
Un traître, un scélérat, un perfide, un menteur,
Un fou dont les accès vont jusqu'à la furie,
Et d'un tronc fort illustre une branche pourrie.
[…]

---

1. *Coursier* : cheval de course.
2. *Alfane* : cheval du roi Gradasse, dans *Le Roland furieux* de l'Arioste (1474-1533).
3. *Bayard* : cheval de Renaud de Montauban, dans la chanson de geste et le roman de chevalerie *Les Quatre Fils Aymon* (XIIe siècle).
4. *Rosse* : mauvais cheval.
5. *Malle* : sorte de coffre que l'on faisait porter aux chevaux.
6. Voir Molière, *Dom Juan*, acte IV, scène VI, les reproches de Don Louis à son fils : « Vous descendez en vain des aïeux dont vous êtes né : ils vous désavouent pour leur sang, et tout ce qu'ils ont fait d'illustre ne vous donne aucun avantage ; au contraire, l'éclat n'en rejaillit sur vous qu'à votre déshonneur. »

Satires croisées

Les sept textes précédents ne sont pas sans liens avec l'esprit de certaines remarques de La Bruyère. Quels rapprochements proposez-vous ? Complétez le tableau suivant :

	A	B	C	D	E	F	G
1							
2							
3							
4							
5							
6							
7							

1. Molière, *Le Misanthrope*.
2. Mme de Sévigné, *Lettres*.
3. La Fontaine, *Fables*.
4. Saint-Simon, *Mémoires*.
5. Cardinal de Retz, *Mémoires*.
6. La Rochefoucauld, *Mémoires*.
7. Boileau, *Satires*.

A. Un homme qui sait la cour est maître de son geste, de ses yeux et de son visage ; il est profond, impénétrable ; il dissimule les mauvais offices[1], sourit à ses ennemis, contraint son humeur, déguise ses passions, dément son cœur, parle, agit contre ses sentiments. Tout ce grand raffinement n'est qu'un vice, que l'on appelle fausseté, quelquefois aussi inutile au courtisan pour sa fortune, que la franchise, la sincérité et la vertu (VIII, 2).

1. *Il dissimule les mauvais offices* : il fait semblant de ne pas voir les actions menées contre lui.

B. [...] Le sot est *automate*, il est machine, il est ressort ; le poids l'emporte, le fait mouvoir, le fait tourner, et toujours, et dans le même sens, et avec la même égalité ; il est uniforme, il ne se dément point : qui l'a vu une fois, l'a vu dans tous les instants et dans toutes les périodes de sa vie ; c'est tout au plus le bœuf qui meugle, ou le merle qui siffle : il est fixé et déterminé par sa nature, et j'ose dire par son espèce. Ce qui paraît le moins en lui, c'est son âme ; elle n'agit point, elle ne s'exerce point, elle se repose (XI, 142).

C. Il y a beaucoup d'esprits obscènes, encore plus de médisants ou de satiriques, peu de délicats. Pour badiner avec grâce, et rencontrer heureusement sur les plus petits sujets, il faut trop de manières, trop de politesse, et même trop de fécondité : c'est créer que de railler ainsi, et faire quelque chose de rien (V, 4).

D. Si la noblesse est vertu, elle se perd par tout ce qui n'est pas vertueux ; et si elle n'est pas vertu, c'est peu de chose (XIV, 15).

E. Ne nous emportons point contre les hommes en voyant leur dureté, leur ingratitude, leur injustice, leur fierté, l'amour d'eux-mêmes, et l'oubli des autres : ils sont ainsi faits, c'est leur nature, c'est ne pouvoir supporter que la pierre tombe ou que le feu s'élève (XI, 1).

F. Les hommes, dans le cœur, veulent être estimés, et ils cachent avec soin l'envie qu'ils ont d'être estimés ; parce que les hommes veulent passer pour vertueux, et que vouloir tirer de la vertu tout autre avantage que la même vertu, je veux dire l'estime et les louanges, ce ne serait plus être vertueux, mais aimer l'estime et les louanges, ou être vain : les hommes sont très vains, et ils ne haïssent rien tant que de passer pour tels (XI, 65).

G. Il faut des fripons à la cour auprès des grands et des ministres, même les mieux intentionnés ; mais l'usage en est délicat, et il faut savoir les mettre en œuvre. Il y a des temps et des occasions où ils ne peuvent être suppléés par d'autres. Honneur, vertu, conscience, qualités toujours respectables, souvent inutiles : que voulez-vous quelquefois que l'on fasse d'un homme de bien ? (VIII, 53).

Notes et citations

Notes et citations

Notes et citations

Notes et citations

Notes et citations

Les classiques et les contemporains dans la même collection

ALAIN-FOURNIER
Le Grand Meaulnes

ANDERSEN
La Petite Fille et les allumettes et autres contes

ANOUILH
La Grotte

APULÉE
Amour et Psyché

ASIMOV
Le Club des Veufs noirs

AUCASSIN ET NICOLETTE

BALZAC
Le Bal de Sceaux
Le Chef-d'œuvre inconnu
Le Colonel Chabert
Ferragus
Le Père Goriot
La Vendetta

BARBEY D'AUREVILLY
Les Diaboliques – Le Rideau cramoisi, Le Bonheur dans le crime

BARRIE
Peter Pan

BAUDELAIRE
Les Fleurs du mal – *Nouvelle édition*

BAUM (L. FRANK)
Le Magicien d'Oz

BEAUMARCHAIS
Le Mariage de Figaro

BELLAY (DU)
Les Regrets

LA BELLE ET LA BÊTE ET AUTRES CONTES

BERBEROVA
L'Accompagnatrice

BERNARDIN DE SAINT-PIERRE
Paul et Virginie

LA BIBLE
Histoire d'Abraham
Histoire de Moïse

BOVE
Le Crime d'une nuit. Le Retour de l'enfant

BRADBURY
L'Homme brûlant et autres nouvelles

CARRIÈRE (JEAN-CLAUDE)
La Controverse de Valladolid

CARROLL
Alice au pays des merveilles

CERVANTÈS
Don Quichotte

CHAMISSO
L'Étrange Histoire de Peter Schlemihl

LA CHANSON DE ROLAND

CATHRINE (ARNAUD)
Les Yeux secs

CHATEAUBRIAND
Mémoires d'outre-tombe

CHEDID (ANDRÉE)
L'Enfant des manèges et autres nouvelles
Le Message
Le Sixième Jour

CHRÉTIEN DE TROYES
Lancelot ou le Chevalier de la charrette
Perceval ou le Conte du graal
Yvain ou le Chevalier au lion

CLAUDEL (PHILIPPE)
Les Confidents et autres nouvelles

COLETTE
Le Blé en herbe

COLIN (FABRICE)
Projet oXatan

COLLODI
Pinocchio

CORNEILLE
Le Cid – *Nouvelle édition*

DAUDET
Aventures prodigieuses de Tartarin de Tarascon
Lettres de mon moulin

DEFOE
Robinson Crusoé

DIDEROT
Entretien d'un père avec ses enfants

Jacques le Fataliste
Le Neveu de Rameau
Supplément au Voyage de Bougainville

DOYLE
Trois Aventures de Sherlock Holmes

DUMAS
Le Comte de Monte-Cristo
Pauline
Robin des Bois
Les Trois Mousquetaires, t. 1 et 2

FABLIAUX DU MOYEN ÂGE
LA FARCE DE MAÎTRE PATHELIN
LA FARCE DU CUVIER ET AUTRES FARCES DU MOYEN ÂGE

FENWICK (JEAN-NOËL)
Les Palmes de M. Schutz

FERNEY (ALICE)
Grâce et Dénuement

FEYDEAU
Un fil à la patte

FEYDEAU-LABICHE
Deux courtes pièces autour du mariage

FLAUBERT
La Légende de saint Julien l'Hospitalier
Un cœur simple

GARCIN (CHRISTIAN)
Vies volées

GAUTIER
Le Capitaine Fracasse
La Morte amoureuse. La Cafetière et autres nouvelles

GOGOL
Le Nez. Le Manteau

GRAFFIGNY (MME DE)
Lettres d'une péruvienne

GRIMM
Le Petit Chaperon rouge et autres contes

GRUMBERG (JEAN-CLAUDE)
L'Atelier
Zone libre

HIGGINS (COLIN)
Harold et Maude – *Adaptation de Jean-Claude Carrière*

HOBB (ROBIN)
Retour au pays

HOFFMANN
L'Enfant étranger
L'Homme au Sable
Le Violon de Crémone. Les Mines de Falun

HOLDER (ÉRIC)
Mademoiselle Chambon

HOMÈRE
Les Aventures extraordinaires d'Ulysse
L'Iliade
L'Odyssée

HUGO
Claude Gueux
L'Intervention *suivie de* La Grand'mère
Le Dernier Jour d'un condamné
Les Misérables – *Nouvelle édition*
Notre-Dame de Paris
Quatrevingt-treize
Le roi s'amuse
Ruy Blas

JAMES
Le Tour d'écrou

JARRY
Ubu Roi

JONQUET (THIERRY)
La Vigie

KAFKA
La Métamorphose

KAPUŚCIŃSKI
Autoportrait d'un reporter

KRESSMANN TAYLOR
Inconnu à cette adresse

LABICHE
Un chapeau de paille d'Italie

LA BRUYÈRE
Les Caractères

LEBLANC
L'Aiguille creuse

LONDON (JACK)
L'Appel de la forêt

MME DE LAFAYETTE
La Princesse de Clèves

LA FONTAINE
Le Corbeau et le Renard et autres fables – *Nouvelle édition des* Fables, *collège*
Fables, *lycée*

LANGELAAN (GEORGE)
La Mouche. Temps mort

LAROUI (FOUAD)
L'Oued et le Consul et autres nouvelles

LE FANU (SHERIDAN)
Carmilla

LEROUX
Le Mystère de la Chambre Jaune
Le Parfum de la dame en noir

LOTI
Le Roman d'un enfant

MARIVAUX
La Double Inconstance
L'Île des esclaves
Le Jeu de l'amour et du hasard

MATHESON (RICHARD)
Au bord du précipice et autres nouvelles
Enfer sur mesure et autres nouvelles

MAUPASSANT
Bel-Ami
Boule de suif
Le Horla et autres contes fantastiques
Le Papa de Simon et autres nouvelles
La Parure et autres scènes de la vie parisienne
Toine et autres contes normands
Une partie de campagne et autres nouvelles au bord de l'eau

MÉRIMÉE
Carmen
Mateo Falcone. Tamango
La Vénus d'Ille – *Nouvelle édition*

MIANO (LÉONORA)
Afropean Soul et autres nouvelles

LES MILLE ET UNE NUITS
Ali Baba et les quarante voleurs
Le Pêcheur et le Génie. Histoire de Ganem
Sindbad le marin

MOLIÈRE
L'Amour médecin. Le Sicilien ou l'Amour peintre
L'Avare – *Nouvelle édition*
Le Bourgeois gentilhomme – *Nouvelle édition*
Dom Juan
L'École des femmes
Les Femmes savantes
Les Fourberies de Scapin – *Nouvelle édition*
George Dandin
Le Malade imaginaire – *Nouvelle édition*
Le Médecin malgré lui
Le Médecin volant. La Jalousie du Barbouillé
Le Misanthrope
Les Précieuses ridicules
Le Tartuffe

MONTAIGNE
Essais

MONTESQUIEU
Lettres persanes

MUSSET
Il faut qu'une porte soit ouverte ou fermée. Un caprice
On ne badine pas avec l'amour

OVIDE
Les Métamorphoses

PASCAL
Pensées

PERRAULT
Contes – *Nouvelle édition*

PIRANDELLO
Donna Mimma et autres nouvelles
Six Personnages en quête d'auteur

POE
Le Chat noir et autres contes fantastiques
Double Assassinat dans la rue Morgue. La Lettre volée

POUCHKINE
La Dame de pique et autres nouvelles

PRÉVOST
Manon Lescaut

PROUST
Combray

RABELAIS
Gargantua
Pantagruel

RACINE
Phèdre
Andromaque

RADIGUET
Le Diable au corps

RÉCITS DE VOYAGE
Le Nouveau Monde (Jean de Léry)
Les Merveilles de l'Orient (Marco Polo)

RENARD
Poil de Carotte

RIMBAUD
Poésies

ROBERT DE BORON
Merlin

ROMAINS
L'Enfant de bonne volonté

LE ROMAN DE RENART – *Nouvelle édition*

ROSTAND
Cyrano de Bergerac

ROUSSEAU
Les Confessions

SALM (CONSTANCE DE)
Vingt-quatre heures d'une femme sensible

SAND
Les Ailes de courage
Le Géant Yéous

SAUMONT (ANNIE)
Aldo, mon ami et autres nouvelles
La guerre est déclarée et autres nouvelles

SCHNITZLER
Mademoiselle Else

SÉVIGNÉ (MME DE)
Lettres

SHAKESPEARE
Macbeth
Roméo et Juliette

SHELLEY (MARY)
Frankenstein

STENDHAL
L'Abbesse de Castro
Vanina Vanini. Le Coffre et le Revenant

STEVENSON
Le Cas étrange du Dr Jekyll et de M. Hyde
L'Île au trésor

STOKER
Dracula

SWIFT
Voyage à Lilliput

TCHÉKHOV
La Mouette
Une demande en mariage et autres pièces en un acte

TITE-LIVE
La Fondation de Rome

TOURGUÉNIEV
Premier Amour

TRISTAN ET ISEUT

TROYAT (HENRI)
Aliocha

VALLÈS
L'Enfant

VERLAINE
Fêtes galantes, Romances sans paroles *précédé de* Poèmes saturniens

VERNE
Le Tour du monde en 80 jours
Un hivernage dans les glaces

VILLIERS DE L'ISLE-ADAM
Véra et autres nouvelles fantastiques

VIRGILE
L'Énéide

VOLTAIRE
Candide – *Nouvelle édition*
L'Ingénu
Jeannot et Colin. Le monde comme il va
Micromégas
Zadig – *Nouvelle édition*

WESTLAKE (DONALD)
Le Couperet

WILDE
Le Fantôme de Canterville et autres nouvelles

ZOLA
Comment on meurt
Germinal
Jacques Damour
Thérèse Raquin

ZWEIG
Le Joueur d'échecs

Les anthologies dans la même collection

AU NOM DE LA LIBERTÉ
Poèmes de la Résistance

L'AUTOBIOGRAPHIE
BAROQUE ET CLASSICISME
LA BIOGRAPHIE
BROUILLONS D'ÉCRIVAINS
Du manuscrit à l'œuvre

« C'EST À CE PRIX QUE VOUS MANGEZ DU SUCRE... » Les discours sur l'esclavage d'Aristote à Césaire

CETTE PART DE RÊVE QUE CHACUN PORTE EN SOI
CEUX DE VERDUN
Les écrivains et la Grande Guerre

LES CHEVALIERS DU MOYEN ÂGE
CONTES DE SORCIÈRES

CONTES DE VAMPIRES

LE CRIME N'EST JAMAIS PARFAIT
Nouvelles policières 1

DE L'ÉDUCATION
Apprendre et transmettre de Rabelais à Pennac

LE DÉTOUR

FAIRE VOIR : QUOI, COMMENT, POUR QUOI ?

FÉES, OGRES ET LUTINS
Contes merveilleux 2

LA FÊTE
GÉNÉRATION(S)

LES GRANDES HEURES DE ROME
L'HUMANISME ET LA RENAISSANCE
IL ÉTAIT UNE FOIS
Contes merveilleux 1

LES LUMIÈRES
LES MÉTAMORPHOSES D'ULYSSE
Réécritures de L'*Odyssée*

MONSTRES ET CHIMÈRES
MYTHES ET DIEUX DE L'OLYMPE
NOIRE SÉRIE...
Nouvelles policières 2

NOUVELLES DE FANTASY 1

NOUVELLES FANTASTIQUES 1
Comment Wang-Fô fut sauvé et autres récits

NOUVELLES FANTASTIQUES 2
Je suis d'ailleurs et autres récits

ON N'EST PAS SÉRIEUX QUAND ON A QUINZE ANS Adolescence et littérature

PAROLES DE LA SHOAH
PAROLES, ÉCHANGES, CONVERSATIONS ET RÉVOLUTION NUMÉRIQUE
LA PEINE DE MORT
De Voltaire à Badinter

POÈMES DE LA RENAISSANCE
POÉSIE ET LYRISME
LE PORTRAIT
RACONTER, SÉDUIRE, CONVAINCRE
Lettres des XVIIe et XVIIIe siècles

RÉALISME ET NATURALISME
RÉCITS POUR AUJOURD'HUI
17 fables et apologues contemporains

RIRE : POUR QUOI FAIRE ?

RISQUE ET PROGRÈS
ROBINSONNADES
De Defoe à Tournier

LE ROMANTISME
SCÈNES DE LA VIE CONJUGALE
Le couple au théâtre, de Shakespeare à Yasmina Reza

LE SURRÉALISME
LA TÉLÉ NOUS REND FOUS !

LES TEXTES FONDATEURS
TROIS CONTES PHILOSOPHIQUES
Diderot, Saint-Lambert, Voltaire

TROIS NOUVELLES NATURALISTES
Huysmans, Maupassant, Zola

VIVRE AU TEMPS DES ROMAINS
VOYAGES EN BOHÈME
Baudelaire, Rimbaud, Verlaine

Création maquette intérieure :
Sarbacane Design.

Composition : IGS-CP.
Nº d'édition : L.01EHRN000387.C003
Dépôt légal : juin 2013
Imprimé en Espagne par Novoprint (Barcelone)